納蘭性德全集

纳兰诗

藕花深处

纳兰性德◎著　冯其庸◎特邀顾问　尹小林◎主编

国际文化出版公司
·北京·

图书在版编目(CIP)数据

纳兰诗·藕花深处/(清)纳兰性德著;尹小林主编. —北京:国际文化出版公司,2016.8
(纳兰性德全集)

ISBN 978-7-5125-0865-1

Ⅰ. ①纳… Ⅱ. ①纳… ②尹… Ⅲ. ①古典诗歌-诗集-中国-清代 Ⅳ. ①I222.749

中国版本图书馆 CIP 数据核字(2016)第 179834 号

纳兰诗·藕花深处

作　　者	纳兰性德
特邀顾问	冯其庸
主　　编	尹小林
执行主编	张小米
总 策 划	葛宏峰
特约策划	刘子菲
责任编辑	宋亚晅
策划编辑	闫翠翠　杨红霞
特约编辑	尹稚宁　帖慧祯
美术编辑	李晓东
出版发行	国际文化出版公司
经　　销	国文润华文化传媒(北京)有限责任公司
印　　刷	北京天正元印务有限公司
开　　本	880 毫米×1230 毫米　32 开 11.5 印张　270 千字
版　　次	2016 年 8 月第 1 版 2016 年 8 月第 1 次印刷
书　　号	ISBN 978-7-5125-0865-1
定　　价	52.00 元

国际文化出版公司
北京朝阳区东土城路乙 9 号　邮编:100013
总编室:(010)64271551　传真:(010)64271578
销售热线:(010)64271187
传真:(010)64271187-800
E-mail:icpc@95777.sina.net
http://www.sinoread.com

目　录

卷四　诗三

五言律诗

七言律诗

五言排律

卷五　诗四

五言绝句

七言绝句

卷四　诗三

五言律诗

扈从圣驾祀东岳礼成恭纪[①]

岱宗柴望处[②]，仙跸迥云霄[③]。
礼乐犹三代[④]，诸侯协四朝[⑤]。
东封金牒字[⑥]，南指玉衡杓[⑦]。
阙里应相近[⑧]，回銮亦不遥[⑨]。

时传旨南巡回日祀曲阜圣庙。

【笺注】

①东岳：指泰山，在今山东省境。《诗·大雅·崧高》“崧高维岳”毛传：“岳，四岳也。东岳岱，南岳衡，西岳华，北岳恒。”康熙二十三年（1684），康熙皇帝于九月离京，巡幸江南。十月初十于东岳庙举行祭礼。该诗即作于此时。

②岱宗：即泰山。柴望：古代两种祭礼。柴，谓烧柴祭天；望，谓祭国中山川。这里指祭祀。《书·武成》：“越三日，庚戌，柴望，大告武成。”孔传：“燔柴，郊天，望，祀山

川。”《后汉书·光武帝纪下》：“辛卯，柴望岱宗，登封太山。”

③仙跸（bì）：指天子的车驾。

④礼乐：礼节和音乐。古代帝王常用兴礼乐为手段以求达到尊卑有序远近和合的统治目的。《礼记·乐记》：“乐也者，情之不可变者也；礼也者，理之不可易者也。乐统同，礼辨异。礼乐之说，管乎人情矣。”孔颖达疏：“乐主和同，则远近皆合；礼主恭敬，则贵贱有序。”三代：指夏、商、周。《论语·卫灵公》：“斯民也，三代之所以直道而行也。”邢昺疏：“三代，夏、殷、周也。”

⑤诸侯：古帝王分封的各国国君，服从王命，定期朝贡述职，这里喻指掌握军政大权的地方长官。四朝：《尚书注疏》：“五载一巡狩，群后四朝。”《传》：“各会朝于方岳之下，凡四处，故曰‘四朝’。”

⑥东封：《史记·司马相如传》载，汉司马相如临终前作《封禅文》，盛颂汉德宏大，请武帝东幸封泰山、禅梁父，以彰功业。相如卒后八年，武帝从其言，东至泰山行封禅事。后谓帝王行封禅事，昭告天下太平。金牒字：指康熙的题字："普照乾坤"。

⑦南指：季节不同，北斗星在天空中的位置也不同，古人根据它的位置判断季节。《冠子·环流篇》：“斗柄东指，天下皆春；斗柄南指，天下皆夏；斗柄西指，天下皆秋；斗柄北指，天下皆冬。”玉衡：北斗七星中的第五星。《文选·〈古诗十九首·明月皎夜光〉》：“玉衡指孟冬，众星何历历。”李善注引《春秋运斗枢》曰：“北斗七星，第五曰玉衡。”杓（biāo）：指北斗柄部的三颗星，又称斗柄。《史记·天官书》：“北斗七星……杓携龙角，衡殷南斗，魁枕参首。”裴骃集解

引孟康曰："杓，北斗杓也。"

⑧阙里：孔子故居。《史记正义》引《括地志》云："衮州曲阜县鲁城西南三里有阙里，中有孔子宅，宅中有庙。"

⑨回銮：旧时称帝王及后妃的车驾为"銮驾"，因称帝、后外出回返为"回銮"。唐玄宗《幸孔子宅遣使以太牢祭墓诏》："朕增封岱岳，回銮泗滨，思阙里之风，想雩坛之咏。"不遥：这里指泰山与阙里孔庙相距不远。

塞外示同行者①

西风千万骑②，飒沓向阴山③。
为问传书雁④，孤飞几日还？
负霜怜戍卒⑤，乘月望乡关⑥。
王事兼程促⑦，休嗟客鬓斑⑧。

【笺注】

①作于康熙二十一年（1682）秋，诗人此间奉命出使西域。

②西风：西面吹来的风，指秋风。唐李白《长干行》："八月西风起，想君发扬子。"

③飒沓：迅疾的样子。唐李白《侠客行》："银鞍照白马，飒沓如流星。"阴山：在今横亘于内蒙古自治区南境、东北接连内兴安岭的阴山山脉，山间缺口自古为南北交通孔道。

④传书雁：用"雁足传书"之典，指书信或信使，表达思乡之情。《汉书·苏武传》："数年，匈奴与汉和亲。汉求武等，匈奴诡言武死。后汉使复至匈奴，常惠请其守者与俱，得夜见汉使，具自陈道。教使者谓单于，言天子射上林中，得雁，足有系帛书，言武等在某泽中。"

⑤负霜：受霜；带霜。南朝宋鲍照《冬至》："眇眇负霜

鹤，皎皎带云雁。”戍卒：戍守边疆的士兵。

⑥乘月：沐浴着月光。乡关：犹故乡。《陈书·徐陵传》：“萧轩靡御，王舫谁持？瞻望乡关，何心天地？”

⑦王事：王命差遣的公事。这里特指征伐之事。宋陈师道《送外舅郭大夫槩西川提刑》：“王事有期程，亲年当喜惧。”兼程：一天走两天的路，以加倍速度赶路。

⑧鬓斑：鬓发斑白。

金　陵

胜绝江南望①，依然图画中。
六朝几兴废②，灭没但归鸿③。
王气倏云尽④，霸图谁复雄？
尚疑钟隐在⑤，回首月明空。

【笺注】

①胜绝：景致优美，独一无二，远超他处。望：声望。

②六朝：三国吴、东晋和南朝的宋、齐、梁、陈，相继建都建康，吴名建业，今南京市，史称为六朝。唐钱起《江行无题》诗之六九："只疑云雾窟，犹有六朝僧。"

③归鸿：归雁。

④王气：指象征帝王运数的祥瑞之气。金陵地势险要雄壮，龙盘虎踞，常被视为"帝王之宅"。《三国志·吴书·张纮传》裴注引《江表传》："秣陵，楚武王所置，名为金陵。地势冈阜连石头，访问故老，云昔秦始皇东巡会稽经此县，望气者云金陵地形有王者都邑之气，故掘断连冈，改名秣陵。今处所具存，地有其气，天之所命，宜为都邑。"

⑤钟隐：南唐后主李煜，字重光，号钟隐。宋建隆二年

（961）在金陵即位，在位十五年，世称李后主。宋开宝七年（974）十月，宋兵南下攻金陵。次年十一月城破，后主肉袒出降，被俘到汴京。宋太宗恨之，有“故国不堪回首明月中”之词，命人在宴上借机投毒害死了他。

寄梁汾并葺茅屋以招之[1]

三年此离别，作客滞何方[2]？
随意一尊酒，殷勤看夕阳。
世谁容皎洁[3]，天特任疏狂[4]。
聚首羡麋鹿[5]，为君构草堂。

【笺注】

①梁汾：顾贞观，清初文学家，字华峰，号梁汾，江苏无锡人。康熙举人，官至国史院典籍。工诗词，早年与吴兆骞齐名，后与陈维崧、朱彝尊并称词家三绝。有《征纬堂诗》《弹指词》等。

②作客滞何方：此句意在劝其迅速回归京城。作客，寄居异地。

③皎洁：清白，光明磊落。

④疏狂：豪放，不受拘束。唐白居易《代书诗寄微之》："疏狂属年少，闲散为官卑。"

⑤聚首：犹聚会。麋（mí）鹿：又称"四不像"，性温和，好合群。宋苏轼《赤壁赋》："渔樵于江渚之上，侣鱼虾而友麋鹿。"

题苏文忠黄州寒食诗卷[1]

古今诚落落[2]，何意得斯人[3]。
紫禁称才子[4]，黄州忆逐臣[5]。
风流如可接，翰墨不无神[6]。
展卷逢寒食[7]，标题想后尘[8]。

【笺注】

①苏文忠：苏轼，字子瞻，号东坡居士，宋代文学家、书画家。嘉祐年进士，任礼部郎中、翰林学士知制诰等职。宋徽宗时卒。宋高宗即位，追赠太师，谥为“文忠”。宋神宗元丰五年（1082），苏轼因反对王安石变法，以作诗“讪谤朝廷”而被贬至湖北黄州。此间作《黄州寒食诗帖》，又称《寒食帖》。

②落落：犹磊落，形容人的气质、襟怀。《三国志·蜀志·彭羕传》：“若明府能招致此人，必有忠谠落落之誉。”

③斯人：这里指苏轼。

④紫禁：古以紫微垣比喻皇帝的居处，因称宫禁为“紫禁”。此代指京城。

⑤逐臣：被朝廷放逐的官吏。

⑥翰墨：笔墨，借指文章书画。三国魏曹丕《典论·论

文》："是以古之作者，寄身于翰墨，见意于篇籍。"

⑦寒食：节日名，在清明前一日或二日。

⑧标题：标记于字画上的题记文字。后尘：比喻在他人之后。晋张协《七命》："余虽不敏，请寻后尘。"

郊园即事[1]

胜侣招频懒[2]，幽寻度石梁[3]。
地应邻射圃[4]，花不碍球场。
解带晴丝弱[5]，披襟露叶凉[6]。
此间萧散绝[7]，随意倒壶觞[8]。

【笺注】

①郊园：可能为诗人家位于北京上庄的一处花园。《海淀地名志》载："这里（上庄村）曾是清朝康熙年间大学士明珠的花园。园荒废后，许多看坟人与住户迁入，时称新庄，后与村西尚庄相连，故名上庄。"

②胜侣：良伴。清吴雯《暮春雨中阮亭先生招同诸公集善果寺得曲字》："胜侣欣招邀，假时值沐休。"

③石梁：石桥。

④射圃：习射之场。

⑤解带：解开衣带，表示闲适。晴丝：虫类所吐、在空中飘荡的游丝。宋范成大《初夏二首》之二："晴丝千尺挽韶光，百舌无声燕子忙。"

⑥披襟：敞开衣襟，多喻舒畅心怀。战国楚宋玉《风

赋》："有风飒然而至，王乃披襟而当之曰：'快哉此风！'"宋朱敦儒《满江红》："且披襟脱帽，自适其适。"露叶：沾了露水的叶子。

⑦萧散：犹潇洒，形容举止闲散舒适。

⑧倒壶觞：指痛快饮酒。壶觞，酒器。晋陶渊明《归去来兮辞》："引壶觞以自酌，眄庭柯以怡颜。"

沈进士尔燝归吴兴诗以送之[①]

成名方得意[②]，几日问归舟[③]。
独有离居者，萧然感素秋[④]。
一筇黄叶寺[⑤]，孤棹白苹洲[⑥]。
无限江湖兴[⑦]，因君寄虎头[⑧]。

时梁汾客苕上。

【笺注】

①沈尔燝：字冀昭，号凤于，浙江归安（今湖州）人，康熙二十一年（1682）中进士。得中返乡，诗人作诗相赠。

②成名：指科考及第。

③归舟：返航的船。

④素秋：秋季。古代五行之说，秋属金，其色白，故称素秋。晋孙楚《雁赋》："迎素秋而南游，背青春而北息。"

⑤筇（qióng）：竹名，因宜于制杖，故亦用以泛称手杖。清纪昀《阅微草堂笔记·滦阳续录六》："春风一笑手扶筇，桃李花开泼眼浓。"黄叶寺：位于北京西山北，寿安山南麓的方普觉寺（因寺内有一尊巨大的释迦牟尼卧姿铜像而又被称为卧佛寺）的别名。因山在秋季时树叶多为黄色，故文人又称其为"黄叶寺"。

⑥棹（zhào）：船桨，借指船。白苹洲：指长满白色苹花的沙洲。唐李益《柳杨送客》："青枫江畔白苹洲，楚客伤离不待秋。"

⑦江湖兴：归隐之意《南史·隐逸上》卷七十五："《易》有君子之道四焉，语默之谓也。故有入庙堂而不出，徇江湖而永归。隐避纷纭，情迹万品。"宋林逋《无为军》："狎鸥更有江湖兴，珍重江头白一行。"

⑧虎头：江苏苏州虎丘。诗人的挚友顾贞观归江南后曾在这里居住。

岁晚感旧

时序忽云暮①，离居倍悄然②。
谁将仙掌露③，换却日高眠④？
短梦分今古，长愁减岁年。
平生无限泪，一洒烛花前。

【笺注】

①云暮：指一年时间将尽。

②离居：离群索居，脱离亲朋。语出《书·盘庚下》："今我民用荡析离居，罔有定极。"孔颖达疏："播荡分析，离其居宅，无安定之极。"悄然：忧伤貌。唐白居易《长恨歌》："夕殿萤飞思悄然，孤灯挑尽未成眠。"

③仙掌：汉武帝为求仙，在建章宫神明台上造铜仙人，舒掌捧铜盘玉杯，以承接天上的仙露，后称承露金人为仙掌。汉张衡《西京赋》："立脩茎之仙掌，承云表之清露。"

④日高眠：尽日高枕安眠，这里是闲适自在之意。宋苏轼《一丛花》："衰病少情，疏慵自放，惟爱日高眠。"

送张见阳令江华[1]

楚国连烽火[2]，深知作吏难。
吾怜张仲蔚[3]，临别劝加餐[4]。
避俗诗能寄[5]，趋时术恐殚[6]。
好名无不可，聊欲砥狂澜[7]。

【笺注】

①张见阳：张纯修，字子敏，号见阳，又号敬斋，官庐州知府。工书法，善刻印，画山水，家藏有名画极为丰富，临摹古画形神逼肖。后以进士第授江华县令，官至庐州知府。与高士奇、曹寅等交好，并曾与诗人结为异姓兄弟。令江华：出任江华县令。江华，位于今湖南省南部。

②楚国：代指湖南。连烽火：康熙十八年（1679），吴三桂叛乱仍在继续，清军与之在湖南、广西进行交战。

③张仲蔚：古之隐士，穷困潦倒，不为世用。晋皇甫谧《高士传·张仲蔚》："张仲蔚者，平陵人也，与同郡魏景卿俱修道德，隐身不仕。明天官博物，善属文，好赋诗，常居穷素，所处蓬蒿没人，闭门养性，不治荣名。时人莫识，惟刘、龚知之。"

④加餐：劝慰之辞，谓多进饮食，保重身体。《古诗十九

首》之一："弃捐勿复道，努力加餐饭。"

⑤避俗：舍弃旧俗。

⑥趋时：谓适应当时具体的形势环境，追求新潮。此意在提醒张纯修不要趋炎附势。殚：尽，竭尽。

⑦狂澜：喻剧烈的社会变动或大的动乱。砥：如砥柱一样坚定不移。宋姚勉《沁园春》："狂澜倒，独中流砥柱，屹立崔巍。"

雄县观鱼[1]

渔师临广泽[2]，侍从俯清澜[3]。
瑞入王舟好，仁知圣网宽。
拨鳞飞白雪，行鲙缕金盘[4]。
在藻同周宴[5]，时容万姓看[6]。

【笺注】

①雄县：在今河北保定附近。

②渔师：古代掌鱼之官。《礼记·月令》：“（季夏之月）是月也，乃命水虞、渔师，收水、泉、池、泽之赋。”

③清澜：清澄如水。澄清之水。晋陆云《逸民赋》：“悲沧浪之浊波兮，泳芳池之清澜。”

④鲙缕：鱼片，肉丝。缕，把鱼肉切成或抽成细丝。金盘：金属制成的餐具。

⑤在藻同周宴：典出《诗·小雅·鱼藻》：“鱼在在藻，有颁其首。王在在镐，岂乐饮酒。”意颂君王与民同乐。

⑥万姓：万民。《书·立政》：“式商受命，奄甸万姓。”

驾幸五台恭纪[1]

杳杳丹梯上[2]，迨迨翠辇回[3]。
慈云笼户牖[4]，佛日现楼台[5]。
珠树参天合[6]，金莲布地开[7]。
共传天子孝，亲侍两宫来[8]。

【笺注】

①康熙二十二年（1683），康熙曾两次前往五台山，此诗所记为第二次，《清史稿·圣祖本纪二》："九月……乙卯，奉太皇太后幸五台山。壬辰，次长城岭，太皇太后以道险回銮。上如五台上。"

②杳杳：幽远貌。《楚辞·九章·哀郢》："尧舜之抗行兮，了杳杳而薄天。"洪兴祖补注："杳杳，远貌。"丹梯：高入云霄的山峰。

③迨迨：同"逮逮"，文雅安和貌。《礼记·孔子闲居》："威仪逮逮，不可选也。"郑玄注："逮逮，安和之貌。"翠辇：饰有翠羽的帝王车驾。

④慈云：佛教语，喻慈悲心怀如云之广被世界、众生。南朝梁简文帝《大法颂》："慈云吐泽，法雨垂凉。"唐太宗《三藏圣教序》："引慈云于西极，注法雨于东陲。"户牖：门窗，

门户，此处借指人家。

⑤佛日：对佛的敬称。佛教认为佛的法力广大，普济众生，如日之普照大地，故以日为喻。

⑥珠树：神话、传说中的仙树。《山海经·海内西经》："开明北有视肉、珠树、文玉树、玗琪树。"亦是对树的美称。唐李白《送贺监归四明应制诗》："借问欲栖珠树鹤，何年却向帝城飞。"此处应指菩提树。参天：高耸于天空。唐王维《宋梓州李使君》："万壑树参天，千山响杜鹃。"

⑦金莲：喻指莲座，呈莲花形状的佛座。

⑧两宫：这里指太皇太后。

入直西苑[1]

望里蓬瀛近[2]，行来阆苑齐[3]。
晴霞开碧沼[4]，落月隐金堤[5]。
叶密莺先觉[6]，花繁径不迷。
笙歌回辇处，长在凤城西[7]。

【笺注】

①入直：官员入宫值班供职。西苑：在北京旧皇城西华门西，本金代离宫。元置大内，清时苑在大内西，因称西苑。清顾祖禹《读史方舆纪要·直隶·顺天府》："西苑在皇城内，中有太液池、琼华岛。"

②蓬瀛：蓬莱和瀛洲，相传为仙人所居之处。晋葛洪《抱朴子·对俗》："（得道之士）或委华驷而辔蛟龙，或弃神州而宅蓬瀛。"

③阆（liàng）苑：阆风之苑，传说中仙人的住处。唐王勃《梓州郪县灵瑞寺浮图碑》："玉楼星峙，稽阆苑之全模；金阙霞飞，得瀛洲之故事。"

④晴霞：灿烂的云霞。碧沼：青绿色的池子。

⑤金堤：坚固的堤堰，后为堤堰的美称。《汉书·司马相如传上》："姗勃窣，上金隄。"颜师古注："言水之隄塘坚如

金也。”

⑥叶密：“叶密”与下句的“花繁”均用以形容花草茂盛。

⑦凤城：京都的美称。唐杜甫《夜》：“步檐倚杖看牛斗，银汉遥应接凤城。”仇兆鳌注引赵次公曰：“秦穆公女吹箫，凤降其城，因号丹凤城。其后言京城曰凤城。”

景山①

雪里瑶华岛②，云端白玉京③。
削成千仞势④，高出九重城⑤。
绣陌回环绕⑥，红楼宛转迎⑦。
近天多雨露，草木每先荣。

【笺注】

①景山：又名万岁山、煤山，系人工堆积而成，位于北京故宫神武门后。有五峰，东西排列，各建琉璃瓦亭。明崇祯皇帝自缢于山东麓。

②瑶华岛：位于西苑太液池，今北海之中，又名琼岛。

③玉京：道家称天帝所居之处。晋葛洪《枕中书》引《真记》："元都玉京，七宝山，周回九万里，在大罗之上。"此指帝都。唐孟郊《宣和遗事》后集："玉京曾忆旧繁华，万里帝王家。"

④千仞：形容极高或极深。古人以八尺为一仞。

⑤九重城：宫禁。古制，天子之居有门九重，故称。《楚辞·九辩》："君之门以九重。"

⑥绣陌：华丽如绣的市街。南朝陈陈暄《长安道》："长安开绣陌，三条向绮门。"

⑦红楼：红色的楼，指华美的楼房。

蕉园[1]

见说斋坛苾[2]，前朝大乙祠[3]。
莺边花树树，燕外柳丝丝。
宫籞人稀到[4]，词臣例许窥[5]。
今朝陪豹尾[6]，新长万年枝[7]。

【笺注】

①蕉园：一名椒园，在太液池东，内有明代崇智殿旧址。

②见说：犹听说。斋坛：古代帝王祭天地的场所。苾（bì）：芳香。《大戴礼记·曾子疾病》："与君子游，苾乎如入兰芷之室，久而不闻，则与之化矣。"

③大乙：太乙，犹道教所谓的太一。明代崇智殿曾作为道教法事活动的场所，清顺治皇帝笃信佛教，将崇智殿修葺改为万善殿，供三世佛像。清康熙帝《中元日蕉园》："中元来太乙，新爽下林端。"

④宫籞（yù）：帝王的禁苑。

⑤词臣：文学侍从之臣，如翰林之类。唐刘禹锡《江令宅》："南朝词臣北朝客，归来唯见秦淮碧。"

⑥豹尾：天子属车上的饰物，悬于最后一车，亦用于天子卤簿仪仗。汉蔡邕《独断》下："秦灭九国，兼其车服，故大

驾属车八十一乘也，尚书、御史乘之。最后一车悬豹尾。”

⑦万年枝：这里指冬青、松树等常绿乔木。清康熙帝《游蕉园》：“雪覆蕉园松突兀，云生古殿路虚无。”

松花江

宛宛经城下①，泱泱接海东②。
烟光浮鸭绿③，日气射鳞红④。
胜擅佳名外⑤，传讹旧志中⑥。
即混同江也。金史有宋瓦江，旧志遂以混同、松花为二江，误矣。
花时春涨暖，吾欲问渔翁。

【笺注】

①宛宛：盘旋屈曲。明徐贲《舟行昆山怀陈惟寅山人》："粼粼渡斜渚，宛宛漾晴川。"

②泱泱：水深广貌。《诗·小雅·瞻彼洛矣》："瞻彼洛矣，维水泱泱。"毛传："泱泱，深广貌。"

③烟光：云霭雾气。鸭绿：喻指绿色之江水。宋陆游《快晴》："瓦屋螺青披雾出，锦江鸭绿抱山来。"

④鳞红：意指水面阳光的照射下，呈现出如江中盛产的雄性大马哈鱼的鳞片般的红色。

⑤擅：独揽。佳名：美名，好名声。

⑥传讹：传闻非实。今据清顾祖禹《读史方舆纪要》卷三十八"混同江""松花江"条，对松花江在前朝史书地理志中的记载多有辩驳。

盛京[1]

拔地蛟龙宅[2]，当关虎豹城[3]。
山连长白秀[4]，江入混同清[5]。
庙社灵风肃[6]，豪强右族更[7]。
明明开创业[8]，休拟作陪京[9]。

【笺注】

①盛京：后金（清）都城，即今辽宁省沈阳市。《清史稿·太祖本纪》卷一："三月庚午，迁都沈阳，凡五迁乃定都焉，是曰盛京。"

②拔地：耸出地面。蛟龙宅：代指帝王居处。

③当关：守关。虎豹城：喻勇猛将士守卫的城池。

④长白：即长白山。

⑤混同：江名，黑龙江汇合松花江后到乌苏里江口一段的别名。因松花江含沙较多，江水北黑南黄，经久始混，故名。

⑥庙社：宗庙和社稷。《魏书·城阳王鸾传》："古者，军行必载庙社之主，所以示其威惠各有攸归。"此处指清室宗庙。灵风：修道者或神灵的风韵。此当指清祖努尔哈赤的英灵。

⑦右族：豪门大族。《晋书·欧阳建传》："建，字坚石，

世为冀方右族。”此指满族。

⑧明明：明智、明察貌，多用于歌颂帝王或神灵。汉傅毅《明帝诔》：“明明肃肃，四国顺威。”

⑨陪京：即陪都。清昭莲《啸亭杂录·盛京五部》：“章皇帝初定北京，盛京设昂邦章京一员，及驻防官员兵丁若干，以为陪京保障，时未遑设文吏。”

与经生夜话[1]

率意元无咎[2]，经心始自疑[3]。
昔人犹有恨[4]，今我竟何期[5]？
客与齐书帙[6]，人来问画师[7]。
若无心赏在[8]，愁绝更从谁。

【笺注】

①经生：经纶。清陶元藻《越画见闻》载：“经纶，字岩叔，浙江余姚人。善画，性狂好饮，醉后落笔弥工，所绘人物、美女、禽鱼无不用粉。”夜话：晚间叙谈。

②率意：直率，按照本意。无咎：没有祸殃，没有罪过。《左传·昭公三十一年》：“子必来，我受，其无咎。”

③经心：留心，着意。

④昔人：古人，从前的人。

⑤期：希望，企求。

⑥书帙：书卷的外套。晋王嘉《拾遗记·秦始皇》：“二人每假食于路，剥树皮编以为书帙，以盛天下良书。”后泛指书籍。唐杜甫《西郊》：“傍架齐书帙，看题减药囊。”

⑦画师：指经纶。

⑧心赏：心情欢畅。

咏笼莺

何处金衣客①，栖栖翠幕中②。
有心惊晓梦③，无计啭春风④。
漫逐梁间燕⑤，谁巢井上桐⑥。
空将云路翼⑦，缄恨在雕笼⑧。

【笺注】

①金衣客：黄莺身披黄色羽毛，故谓金衣客。

②栖栖：忙碌不安貌。《诗·小雅·六月》：“六月栖栖，戎车既饬。”朱熹集传：“栖栖，犹皇皇不安之貌。”翠幕：翠色的帷幕。晋潘岳《借田赋》：“青坛蔚其岳立兮，翠幕黕以云布。”此代指皇亲贵胄之家。

③晓梦：拂晓时的梦。多短而迷离，故常以喻人生短促，世事纷杂。唐李商隐《咏史》：“三百年间同晓梦，钟山何处有龙盘?”

④啭（zhuàn）：歌声婉转。南朝齐谢朓《和伏武昌〈登孙权故城〉》：“舞馆识余基，歌梁想遗啭。”

⑤漫：空，突然，或随意，不受约束。逐梁间燕：《乐府

诗集·新乐府辞八》卷九十七，《上阳白发人》：“宫莺百啭愁厌闻，梁燕双栖老休妒。莺归燕去长悄然，春往愁来不记年。”

⑥谁巢井上桐：此句谓莺在笼中，已无法在桐树筑巢。《乐府诗集·近代曲辞一》卷七十九，唐无名氏《大和》：“庭前鹊绕相思树，井上莺歌争刺桐。”

⑦云路：云间，天上。

⑧缄恨：衔恨，怀恨。雕笼：雕刻精致的鸟笼。汉祢衡《鹦鹉赋》：“闭以雕笼，剪其翅羽。”

夜合花①

阶前双夜合，枝叶敷华荣②。
疏密共晴雨，卷舒因晦明③。
影随筠箔乱④，香杂水沉生⑤。
对此能消忿，旋移近小楹⑥。

【笺注】

①夜合花：即合欢花。落叶乔木，羽状复叶，小叶对生，夜间成对相合，故称。

②敷：铺开，扩展。《书·顾命》："牖间南向，敷重篾席。"华荣：繁荣。汉焦赣《易林·复之解》："春桃萌生，万物华荣，邦君所居，国乐无忧。"

③卷舒：卷起与展开。晦明：黑夜和白昼。

④筠（yún）箔（bó）：竹帘。

⑤水沉：即沉香。明李时珍《本草纲目·木一·沉香》："（沉香）木心节置水则沉，故名沉水，亦曰水沉。"宋晏殊《浣溪沙》："水沉香冷懒熏衣。"

⑥楹：厅堂的前柱。《诗·小雅·斯干》："殖殖其庭，有觉其楹。"孔颖达疏："有觉然高大者，其宫寝之楹柱也。"

丁　香

芳谱称佳客①，仙株也姓丁。
鹤翎风细细②，鸡舌气冥冥③。
紫胜心中结④，银珰耳上星⑤。
深闺多韵事⑥，名爱借余馨。

【笺注】

①佳客：宋龚明之《中吴纪闻》卷四，“花客诗”条：“张敏叔尝以牡丹为贵客，梅为清客，菊为寿客，……丁香为素客……各赋一诗，吴中至今传播。”

②鹤翎：喻指白色的花瓣。唐王建《于主簿厅看花》：“小叶稠枝粉压摧，煖风吹动鹤翎开。”细细：轻微。

③鸡舌：即丁香。丁香的种仁由两片形状似鸡舌的子叶合抱而成，故又名鸡舌香。古代尚书上殿奏事，或年老口臭，则口含此香，出气芬芳。汉应劭《汉官仪》：“尚书郎含鸡舌香伏奏事，黄门郎对揖跪受，故称尚书郎怀香握兰，趋走丹墀。”三国曹操《与诸葛亮书》：“今奉鸡舌五斤，以表微意。”冥冥：迷漫。

④紫胜：丁香花的子房。
⑤银珰耳上星：丁香花状的耳饰。
⑥韵事：风雅之事。

桂

丛树淮南茂[①]，秋林峤外芳[②]。
碧珊天女佩，金缕月娥象[③]。
露铸鸾钗色[④]，风薰鹫岭香[⑤]。
酿花新醑熟[⑥]，味美胜椒浆[⑦]。

【笺注】

①淮南：指淮河以南、长江以北的地区。今特指安徽省的中部。宋张孝祥《水调歌头》："长忆淮南岸，耕钓混樵渔。"

②峤外：即岭外，指五岭以南的地区。南朝梁江淹《知己赋》："仆乃得罪峤外，遐路窈然。"

③金缕：金色穗状物。南朝梁简文帝《大法颂》："幢号摩尼，幡悬金缕。"唐温庭筠《定西番》："双鬓翠霞金缕，一枝春艳浓。"华钟彦注："金镂，钗穗也。"月娥：传说中的月中仙子。

④鸾钗：鸾形的钗子。唐李商隐《河阳诗》："湿银注镜井口平，鸾钗映月寒铮铮。"

⑤鹫岭：北周庾信《陕州弘农郡五张寺经藏碑》："雪山罗汉之论，鹫岭菩提之法，本无极际，何可胜言。"倪璠注：

“鹫岭在王舍城，梵云耆阇崛山是也。”这里指佛寺。

⑥酿花：催花吐放。醑（xǔ）：酒，美酒。

⑦椒浆：以椒浸制的酒浆，用以祭神。《楚辞·九歌·东皇太一》：“蕙兮兰藉，奠桂酒兮椒浆。”

荷

鱼戏叶田田①，凫飞唱采莲②。
白裁肪玉瓣，红剪彩霞笺。
出浴亭亭媚③，凌波步步妍④。
美人怜并蒂⑤，常绣枕函边⑥。

【笺注】

①田田：荷叶盛密挺秀貌。《乐府诗集、相和歌辞一·江南》："江南可采莲，莲叶何田田。"

②凫飞：飞翔的野鸭。采莲：即《采莲曲》，本于"江南可采莲，莲叶何田田"的《江南曲》。南朝梁武帝《江南弄》七曲，《采莲曲》为其一。又南朝梁羊侃有爱姬张静婉，美丽善舞。侃尝自制《采莲曲》，乐府称《张静婉采莲曲》。

③亭亭：直立貌，独立貌。

④凌波：这里指挺立于水面之上，又似女子步履轻盈。三国魏曹植《洛神赋》："凌波微步，罗袜生尘。"步步：每一步。

⑤并蒂：两朵花或两个果子共一蒂，比喻男女合欢或夫妇恩爱。

⑥枕函：中间可以藏物的枕头。唐司空图《杨柳枝寿杯词》之六："偶然楼上卷珠帘，往往长条拂枕函。"

又

华藏分千界[①]，凭阑每独看[②]。
不离明月鉴，常在水晶盘[③]。
卷雾舒红幕，停风静绿纨。
应知香海窄[④]，只似液池宽[⑤]。

【笺注】

①华藏：佛教语，莲华藏世界的略称。指莲花出生之世界，或指含藏于莲花中之功德无量，广大庄严之世界。千界：佛教语，指三千大千世界。以须弥山为中心，七山八海交绕之，更以铁围山为外郭，是谓一小世界，合一千个小世界为小千世界，合一千个小千世界为中千世界，合一千个中千世界为大千世界，总称为三千大世界。

②凭阑：身倚栏杆。唐崔涂《上巳日永崇里言怀》："游人过尽衡门掩，独自凭栏到日斜。"

③明月鉴、水晶盘：皆为生活用具，其上常饰有荷叶、荷花纹饰。

④香海：佛经指须弥山周围的海。唐刘禹锡《毗卢遮那佛华藏世界图赞》："清净不染花中莲，捧持世界百亿千。涌出香海浩无边，风轮负之昼夜旋。"借指佛门。

⑤液池：太液池。

鱼子兰

石家金谷里[①]，三斛买名姬[②]。
绿比琅玕嫩[③]，圆应木难移[④]。
若兰芳竟体[⑤]，当暑粟生肌[⑥]。
身向楼前堕，遗香泪满枝[⑦]。

【笺注】

①金谷：金谷园，晋石崇所筑的别墅，故址在今河南洛阳。

②斛（hú）：量器。《庄子·胠箧》：“为之斗斛以量之，则并与斗斛而窃之。”名姬：石崇宠妾绿珠。相传原为白州（今广西博白）梁氏女，美而艳，善吹笛，后为孙秀所逼，坠楼而死。这里喻指鱼子兰。

③琅玕：形容竹之青翠，此指竹。唐杜甫《郑驸马宅宴洞中》：“主家阴洞细烟雾，留客夏簟青琅玕。”仇兆鳌注：“青琅玕，比竹簟之苍翠。”

④木难：宝珠名。《文选·曹植〈美女篇〉》：“明珠交玉体，珊瑚间木难。”李善注引《南越志》：“木难，金翅鸟沫所成碧色珠也。”

⑤芳竟体：芳香遍布全身。

⑥粟生肌：形容清凉之意。粟，皮肤触寒凉而收缩起粒。宋吴文英《声声慢》："人起昭阳，禁寒粉粟生肌。"

⑦遗香：留下的香气。唐陆龟蒙《秋荷》："盈盈一水不得渡，冷翠遗香愁向人。"

茉　莉

南国素婵娟①，春深别瘴烟②。
镂冰含麝气③，刻玉散龙涎④。
最是黄昏后，偏宜绿鬟边⑤。
上林声价重⑥，不忆旧花田⑦。

【笺注】

①南国：指我国南方。婵娟：形容花木秀美动人。三国魏阮籍《咏怀》之二六："庭木谁能近？射干复婵娟。"《文选·成公绥〈啸赋〉》："借皋兰之猗靡，荫脩竹之婵娟。"

②瘴烟：犹瘴气，南方山林中湿热蒸郁能致人疾病的气体。

③镂冰：形容茉莉花洁白晶莹。麝气：麝香的气味。

④龙涎：即龙涎香，抹香鲸病胃的分泌物。类似结石，从鲸体内排出，漂浮海面或冲上海岸。为黄、灰乃至黑色的蜡状物质，香气持久，是极名贵的香料。宋刘过《沁园春·美人指甲》："见凤鞋泥污，偎人强剔，龙涎香断，拨火轻翻。"

⑤绿鬟：乌黑而有光泽的鬟发，形容年轻美貌。南朝梁吴

均《和萧洗马子显古意诗》之三："绿鬓愁中改，红颜啼里灭。"宋辛弃疾《小重山·茉莉》："一枝云鬓上，那人宜。"

⑥上林：古宫苑名，本为秦旧苑，汉初荒废，汉武帝时重新扩建。司马相如有"繁类以成艳"的名作《上林赋》。这里代指帝王的园囿。

⑦花田：培育种植花的园圃。

戒台同见阳作[1]

欹斜一径入[2]，门向夕阳边。
何必堪娱赏[3]，凋零自可怜[4]。
松寒疑有雪，僧老不知年。
只合千峰上[5]，长吟看月圆[6]。

【笺注】

①戒台：戒台寺，位于北京市门头沟区马鞍山上，始建于唐，明英宗赐名万寿禅寺，因寺内有全国最大的佛教戒坛而被称为戒坛寺。见阳：张纯修。

②欹斜：歪斜不正。北周庾信《哀江南赋》："入欹斜之小径，掩蓬藋（diào）之荒扉。"

③何必：用反问的语气表示不必。

④凋零：草木花叶零落。

⑤只合：只应，本来就应该。

⑥长吟：哀愁怨慕时发出长而缓的声音。汉刘向《九叹·离世》："立江界而长吟兮，愁哀哀而累息。"

七言律诗

拟冬日景忠山应制[①]

岧峣铁凤锁琳宫[②]，亲侍銮舆度碧空[③]。
圣主岂因崇象教[④]，宸游直自接鸿蒙[⑤]。
远山雪有一峰白，别浦枫余几树红。
天意不教常肃杀[⑥]，伫看宇宙遍春风[⑦]。

【笺注】

①景忠山：在今河北迁安县境内，旧有二名，南曰明山，北曰阴山。明初于山顶建三忠祠，祀诸葛亮、岳飞、文天祥，“欲人景行仰止”，故改名“景忠山”。康熙十七年（1678），康熙巡幸汤泉蓟州以东一带。诗人随行，此诗当作于此时。

②岧峣：山高峻貌。铁凤：古代屋脊上的一种装饰物。铁制，形如凤凰。下有转枢，可随风而转。《文选·张衡〈西京赋〉》：“凤骞翥于甍标，咸溯风而欲翔。”三国吴薛综注：“谓

作铁凤凰，令张两翼，举头敷尾以函屋上，当栋中央。下有转枢，常向风如将飞者焉。”琳宫：仙宫。这里是佛寺、道观、殿堂之美称。

③銮舆：即銮驾，天子车驾。这里借指天子。碧空：青天。

④圣主：指康熙皇帝。象教：释迦牟尼离世，诸大弟子想慕不已，刻木为佛，以形象教人，故称佛教为象教。南朝梁元帝《内典碑铭集林序》：“象教东流，化行南国。”

⑤宸游：帝王之巡游。鸿蒙：宇宙形成前的混沌状态。《庄子·在宥》：“云将东游，过扶摇之枝，而适遭鸿蒙。”成玄英疏：“鸿蒙，元气也。”这里指高空。

⑥肃杀：严酷萧瑟貌，多用以形容深秋或冬季的天气和景色。唐杜甫《北征》：“昊天积霜露，正气有肃杀。”

⑦伫看：行将看到。宇宙：天地。《淮南子·原道训》：“横四维而含阴阳，紘宇宙而章三光。”高诱注：“四方上下曰宇，古往今来曰宙，以喻天地。”

汤泉应制四首[1]

清时礼乐萃朝端[2]，次第郊原引玉銮[3]。
河岳千年归带砺[4]，寝园三月拜衣冠[5]。
便从畿甸亲民隐[6]，更启神泉示从官[7]。
非独炎灵钟坎德[8]，恩波深处不知寒[9]。

【笺注】

①汤泉：此指马兰峪温泉。有清太宗后昭西陵及世祖的孝陵均在马兰峪，康熙多次到此地。应制：指应皇帝之命写作诗文。

②清时：清平之时，太平盛世。萃：聚集，汇集。朝端：朝廷。

③郊原：原野。南朝梁萧子范《东亭极望》："郊原共超远，林野杂依菲。"玉銮：指天子的车驾。

④河岳：黄河和五岳的并称。语本《诗·周颂·时迈》："怀柔百神，及河乔岳。"毛传："乔，高也。高岳，岱宗也。"孔颖达疏："言高岳岱宗者，以巡守之礼必始于东方，故以岱宗言之，其实理兼四岳。"这里指山川。带砺：衣带和砥石。《史记·高祖功臣侯者年表》："封爵之誓曰：'使黄河如带，泰山若厉。国以永宁，爰及苗裔。'"裴骃集解引汉应劭曰：

“封爵之誓，国家欲使功臣传祚无穷。带，衣带也；厉，砥石也。河当何时如衣带，山当何时如厉石，言如带厉，国乃绝耳。”后因以此为受皇家恩宠，与国同休之典。

⑤寝园：天子之陵园。

⑥畿甸：指京城地区。《周书·萧詧传》：“昔方千而畿甸，今七里而磐萦。”唐韩愈《潮州刺史谢上表》：“天子神圣，威武慈仁，子养亿兆人庶，无有亲疏远迩，虽在万里之外，岭海之陬，待之一如畿甸之间，辇毂之下。”民隐：民众的痛苦。

⑦神泉：灵异之泉，这里指马兰峪温泉。从官：指君王的随从、近臣。

⑧炎灵：指炎帝神农氏。《史记·五帝本纪》张守节正义引《帝王世纪》：“神农氏，姜姓也……以火德王，故号炎帝。”钟：汇聚。坎德：水就下的性质，以喻君子谦卑的美德。《易·说卦》：“坎为水。”又《谦》：“谦谦君子，卑以自牧也。”

⑨恩波：喻帝王恩泽。

又

六龙初驻浴兰天[①]，碧瓦朱旗共一川[②]。
润逼仙桃红自舞，醉酣人柳绿犹眠[③]。
吹成暖律回燕谷[④]，散作薰风入舜弦[⑤]。
最是垂衣深圣德[⑥]，不须词笔颂甘泉[⑦]。

【笺注】

①六龙：古代天子的车驾为六马，马八尺称龙，因以为天子车驾的代称。汉刘歆《述初赋》："揔六龙于驷房兮，奉华盖于帝侧。"浴兰：浴于兰汤，即用香草水洗澡。古人认为兰草避不祥，故以兰汤洁斋祭祀。《大戴礼记·夏小正》："五月……蓄兰，为集浴也。"

②碧瓦：青绿色的琉璃瓦。朱旗：红旗。汉刘向《九叹·远逝》："杖玉华与朱旗兮，垂明月之玄珠。"

③人柳：即柽柳。《三辅旧事》："汉武帝苑中有柳状如人，号曰人柳，一日三眠三起。"

④暖律：古代以时令合乐律，温暖的节候称"暖律"。燕谷：即寒谷，在古燕地，传说为邹衍吹律生黍之处。《太平御览》卷五十四引汉刘向《别录》："《方士传》言：邹衍在燕，

有谷地美而寒，不生五谷。邹子居之，吹律而温气至，而生黍谷。今名黍谷。”

⑤薰风：相传舜唱《南风歌》，有“南风之薰兮”句，见《孔子家语·辩乐》。后因以“薰风”指《南风歌》。

⑥垂衣：谓定衣服之制，示天下以礼。后用以称颂帝王无为而治。《易·系辞下》：“黄帝尧舜垂衣裳而天下治，盖取诸乾坤。”韩康伯注：“垂衣裳以辨贵贱，乾尊坤卑之义也。”圣德：犹言至高无上的道德，用以称帝德。

⑦词笔：指赋诗作文的才能。《陈书·文学传·岑之敬》：“之敬始以经业进，而博涉文史，雅有词笔，不为醇儒。”甘泉：即《甘泉赋》，汉扬雄撰。《汉书·扬雄传上》：“（上）召雄待诏承明之庭。正月，从上甘泉还，奏《甘泉赋》以风……天子异焉。”后因以“甘泉”喻指进献主上而受到赏识的文章。

又

鱼鳞雁齿镜中开[①]，溅沫为霖遍九垓[②]。
不用劫灰求仿佛[③]，便从天汉象昭回[④]。
桑坛法驾乘春转[⑤]，鹤禁仙镳问寝来[⑥]。
遥祝海隅同帝泽[⑦]，年年长听属车雷[⑧]。

【笺注】

①鱼鳞：比喻水面细碎的波纹。雁齿：比喻排列整齐之桥之台阶。唐白居易《早春西湖闲游》："小桥装雁齿，轻浪瓷鱼鳞。"

②溅沫：飞溅的水花。霖：比喻恩泽。九垓：中央至八极之地。《国语·郑语》："王者居九畡之田，收经入以食兆民。"韦昭注："九畡，九州之极数。"

③劫灰：本谓劫火的余灰，后谓战乱或大火毁坏后的残迹或灰烬。南朝梁慧皎《高僧传·译经上·竺法兰》："昔汉武穿昆明池底，得黑灰，问东方朔。朔云：'不知，可问西域人胡人。'后法兰既至，众人追以问之，兰云：'世界终尽，劫火洞烧，此灰是也。'"

④天汉：天河。《诗·小雅·大东》："维天有汉，监亦有

光。”毛传：“汉，天河也。”昭回：星辰光耀回转。《诗·大雅·云汉》：“倬彼云汉，昭回于天。”朱熹集传：“昭，光也。回，转也。言其光随天而转也。”

⑤桑坛：观桑台。中国古代帝王重视农桑，于每年春季，由皇帝亲耕，由皇后亲蚕。在亲蚕仪式举行之前会事先在桑田北面筑起桑台。法驾：天子车驾的一种。天子的卤簿分大驾、法驾、小驾三种，其仪卫之繁简各有不同。这里指皇后的车驾。唐沈佺期《奉和晦日驾幸昆明池应制》：“法驾乘春转，神池象汉回。”

⑥鹤禁：太子所居之处。清厉荃《事物异名录·宫室·鹤禁》：“《汉宫阙疏》：‘鹤宫，太子所居，凡人不得出入，故曰鹤禁。’”镳（biāo）：乘骑。问寝：问候尊长起居。《礼记·文王世子》：“文王之为世子，朝于王季日三。鸡初鸣而衣服，至于寝门外，问内竖之御者曰：‘今日安否何如?’内竖曰：‘安。’文王乃喜。及日中又至，亦如之。及莫又至，亦如之。其有不安节，则内竖以告文王。文王色忧，行不能正履。王季复膳。然后亦复初。食上，必在视寒暖之节；食下，问所膳。”后因以为儿子侍奉父母的礼法，即每日必须问安，每食必在侧。

⑦遥祝：在远处祝贺。海隅：指僻远的地方。《书·君奭》：“我咸成文王功于不怠，丕冒海隅出日，罔不率俾。”孔传：“今我周家皆成文王功于不懈怠，则德教大覆冒海隅日所出之地，无不循化而使之。”

⑧属车：帝王出行时的侍从车，此借指帝王。《汉书·张敞传》：“孝昭皇帝蚤崩无嗣，大臣忧惧，选贤圣承宗庙，东迎之日，唯恐属车之行迟。”颜师古注：“不欲斥乘舆，故但言属车耳。”雷：宏大如雷之声。汉傅毅《舞赋》：“车音若雷。”

又

身向咸池傍末光[①]，三危露暖不成霜[②]。
金铺照日初涵影[③]，玉甃生烟别作香[④]。
地接蓬莱通御气，波翻豆蔻散朝凉[⑤]。
微臣幸属赓歌日[⑥]，愿借如川献寿觞[⑦]。

【笺注】

①咸池：日神洗浴之处，相传专供王母娘娘身边许多貌美的仙女沐浴。《楚辞·离骚》："饮余马于咸池兮，揔余辔乎扶桑。"王逸注："咸池，日浴处也。"末光：余晖。

②三危：传说中的仙山。《山海经·西山经》："又西二百二十里，曰三危山，三青鸟居之。"

③金铺：浴池中美好的铺设。唐白居易《题庐山山下汤泉》："骊山温水因何事？流入金铺玉甃中。"照日：与日光相辉映。涵：沉浸。

④玉甃（zhòu）：指水井或汤池。生烟：水汽、烟气蒸腾。

⑤豆蔻：多年生草本植物，高丈许，秋季结实。种子可入药，这里做香料草花。宋利登《过秦楼》："芙蓉寄隐，豆蔻传香。"

⑥赓歌：酬唱和诗。唐李白《明堂赋》："千里鼓舞，百寮赓歌。"

⑦寿觞：祝寿之酒。《汉书·叔孙通传》："诸侍坐殿上皆伏抑首，以尊卑次起上寿觞九行，谒者言'罢酒'。"

秋日送徐健庵座主归江南四首[①]

江枫千里送浮飔[②]，玉佩朝天此暂辞[③]？
黄菊承杯频自覆[④]，青林系马试教骑[⑤]。
朝端事业留他日[⑥]，天下文章重往时[⑦]。
闻道至尊还侧席[⑧]，柏梁高宴待题诗[⑨]。

【笺注】

①徐健庵：徐乾学，字原一、幼慧，号健庵、玉峰先生，江苏昆山人。清代大臣、学者、藏书家。康熙九年（1670），进士中第授编修，官至刑部尚书。曾主持编修《明史》《大清一统志》等，著《憺园文集》三十六卷。家有中国藏书史上著名的藏书楼——“传是楼”。座主：唐宋时进士称主试官为座主。至明清，举人、进士亦称其本科主考官或总裁官为座主。唐李肇《唐国史补》卷下：“互相推敬谓之先辈。俱捷谓之同年。有司谓之座主。”

②浮飔（sī）：轻快急猛之凉风。

③朝天：朝天吼，传说是龙王的儿子，有守望的习惯。这里代指朝廷禁苑。

④黄菊：黄菊酒。宋米友仁《点绛唇》：“浩渺湖天，酒浮黄菊携佳侣。”

⑤青林：苍翠的树林。唐张说《邺公园池饯韦侍郎神都留守序》：“驻马青林，肆筵碧岸，清管四发，坐客增悲高台一望，游人忘返。”

⑥朝端：朝廷。晋谢石《上疏》：“尸素朝端，忽焉五载。”

⑦往时：从前。

⑧至尊：代称皇帝。侧席：指谦恭以待贤者。《后汉书·章帝纪》：“朕思迟直士，侧席异闻。”李贤注：“侧席，谓不正坐，所以待贤良也。”

⑨柏梁：相传汉武帝在柏梁台上和群臣共赋七言诗，人各一句，每句用韵。高宴：盛大的宴会。这里指君臣唱和雅聚。

又

玉殿西头落暗飔[1]，回波宁作望恩辞[2]。
蛾眉自是从相妒[3]，骏骨由来岂任骑[4]。
白首尽为酬遇日，青山真奈送归时[5]。
严装欲发频相顾[6]，四始重拈教咏诗[7]。

【笺注】

①玉殿：宫殿的美称，此处借指朝廷。西头：天文有宦者四星，在帝座之西，故“西头”为宦官的代称。

②回波：乐府商调曲，又舞曲，唐中宗时造。六言四句，开头例有“回尔时”四字，故名。《新唐书·文艺传中·沈佺期》:“帝诏学士等舞《回波》，佺期为弄辞悦帝，还赐牙、绯。”

③蛾眉自是从相妒：屈原《离骚》：“众女嫉余之蛾眉兮，谣诼谓余以善淫。”诗人仿屈原的手法以蛾眉代美女，以美女喻君子、座师的大才高节。

④骏骨：据《战国策·燕策一》载，郭隗用买马作喻，说古代有用五百金买千里马的马头骨，因而在一年内就得到三匹千里马，劝燕昭王厚币以招贤。后以“骏骨”喻杰出的人才。

⑤真奈：怎奈。

⑥严装：整理行装。唐高适《赠别王十七管记》：“折剑留赠人，严装遂云迈。”

⑦四始：旧说《诗经》有四始，指“风”“小雅”“大雅”“颂”。《〈诗〉大序》：“一国之事，系一人之本，谓之‘风’；言天下之事，形四方之风，谓之‘雅’；雅者，正也，言王政之所由废兴也，政有大小，故有‘小雅’焉，有‘大雅’焉；‘颂’者，美盛德之形容，以其成功告于神明者也。是谓四始，《诗》之至也。”孔颖达疏引郑玄《答张逸》云：“四始，‘风’也，‘小雅’也，‘大雅’也，‘颂’也。此四者，人君行之则为兴，废之则为衰。”另，四始又指“风”“小雅”“大雅”“颂”的首篇：《关雎》《鹿鸣》《文王》《清庙》。此处四始当为前者，寓指儒家经典《诗》。咏诗：吟诗。《国语·鲁语下》：“诗所以合意，歌所以咏诗也。今诗以合室，歌以咏之，度于法矣。”

又

不同纨扇怨凉飔[①]，咫尺重华好荐辞[②]。
衡岳雁排回日字[③]，葛陂龙待化来骑[④]。
斑斓正好称觞暇[⑤]，丝竹谁从著屐时[⑥]？
弱植敢忘春雨润[⑦]，一生长诵角弓诗[⑧]。

【笺注】

①纨扇：细绢制成的团扇。

②咫尺：形容距离很近，仿佛就在眼前。重华：虞舜的美称。《书·舜典》："曰若稽古帝舜，曰重华，协于帝。"孔传："华，谓文德。言其光文重合于尧，俱圣明。"《楚辞·九章·涉江》："驾青虬兮骖白螭，吾与重华游兮瑶之圃。"后用以代称帝王。荐辞：荐举之词。

③衡岳雁排回日字：《括地志》载："衡山一峰极高，雁不能过，遇春北归，故名回雁。"南岳衡山有回雁峰，居七十二峰之首，雁是候鸟，秋来南飞，传说至衡山为止，不过回雁峰。唐杜甫《归雁二首》之一："万里衡阳雁，今年又北归。"

④葛陂：龙竹。晋葛洪《神仙传·壶公》："房（费长房）忧不得到家，公（壶公）以一竹杖与之曰：'但骑此得到家

耳。’房骑竹杖辞去，忽如睡，已到家……所骑竹杖，弃葛陂中，视之乃青龙耳。”后因以“龙竹”指拐杖或比喻得道成仙。

⑤斑斓：色彩错杂灿烂貌。此处用“斑衣戏彩”之典。《艺文类聚》卷二十引汉刘向《列女传》：“老莱子孝养二亲。行年七十，婴儿自娱，著五色采衣。尝取浆上堂，跌扑，因卧地为小儿啼。或弄乌鸟于亲侧。”后用为孝养长辈之典。这里指孝养座师。称觞：举杯祝酒。

⑥丝竹：弦乐器与竹管乐器之总称，泛指音乐。著屐：代指东晋谢安。谢安少有重名，曾辞官隐居会稽之东山，渔弋山水，以丝竹为乐。年四十余始出仕，孝武帝时，位至宰相。时前秦强盛，南下攻城略地，谢安率众力拒，破敌时，下围棋如故，得知喜讯，“还内，过户限，心喜甚，不觉屐齿之折”。

⑦弱植：懦弱无能，不能有所建树。南朝宋颜延年《和谢监灵运》：“弱植慕瑞操，窘步惧先迷。”注引《左传》：郑子产如陈，曰：陈，亡国也，其君弱植。王逸《楚辞注》曰：植，志也。

⑧角弓诗：《诗经·小雅》中有诗，名为《角弓》，意在诫贵族统治者不要疏远兄弟亲戚，而亲近谗佞小人。《左传》：“晋韩宣子来聘，公享之，韩子赋《角弓》。既享燕于季氏，有嘉树焉，宣子誉之，武曰：‘宿敢不封殖此树，以无忘《角弓》。’遂赋《甘棠》。”唐杜甫《冬日有怀李白》：“更寻嘉树传，不忘角弓诗。”

又

惆怅离筵拂面飔，几人鸾禁有宏辞[1]。
鱼因尺素殷勤剖[2]，马为郭泥郑重骑[3]。
定省暂应纾远望[4]，行藏端不负清时[5]。
春风好待鸣驺入[6]，不用凄凉录别诗。

【笺注】

①銮禁：帝王住处。

②尺素：小幅的绢帛，古人多用以写信或文章。《文选·古乐府〈饮马长城窟行〉》："客从远方来，遗我双鲤鱼。呼儿烹鲤鱼，中有尺素书。"吕向注："尺素，绢也。古人为书，多书于绢。"殷勤：关注，急切。

③郭泥：即马鞯。因垫在马鞍下，垂于马背两旁以挡尘土，故称。《晋书·王济传》："济善解马性，尝乘一马，着连干郭泥，前有水，终不肯渡。"郑重：犹珍重。

④定省：子女早晚探望问候亲长。《礼记·曲礼上》："凡为人子之礼，冬温而夏凊，昏定而晨省。"郑玄注："定，安其床衽也；省，问其安否何如。"纾远望：排除登高望远、建功淑世之念。

⑤行藏：指出处或行止。语本《论语·述而》：“用之则行，舍之则藏。”端：犹端的，真的，确定。清时：清平之时；太平盛世。《文选·李陵〈答苏武书〉》：“勤宣令德，策名清时。”张铣注：“清时，谓清平之时。”

⑥鸣驺：古代随从显贵出行并传呼喝道的骑卒，有时借指显贵。南朝齐孔稚珪《北山移文》：“及其鸣驺入谷，鹤书起陇，形驰魄散，志变神动。”

即日又赋

商飙猎猎帝城西①，极目平沙草色齐②。
一夜霜清林叶下③，五原秋迥塞鸿低④。
相将绿酒浮萸菊⑤，莫向黄云听鼓鼙⑥。
此日登高兼送远，欲归还听玉骢嘶⑦。

【笺注】

①商飙：秋风。晋陆机《园葵诗》：“时逝柔风戢，岁暮商猋飞。”猎猎：象声词，指风声。唐温庭筠《汉皇迎春辞》：“猎猎东风展焰旗，画神金甲葱茏网。”

②极目：满目，充满视野。平沙：指广阔的沙原。南朝梁何逊《慈姥矶》：“野雁平沙合，连山远雾浮。”

③霜清：形容秋水明净；洁净。

④五原：即汉五原郡之榆柳塞。在今内蒙古自治区五原县。塞鸿：塞外的鸿雁。塞鸿秋季南来，春季北去，故古人常以之作比，表对远离家乡的亲人的怀念。南朝宋鲍照《代陈思王京洛篇》：“春吹回白日，霜歌落塞鸿。”

⑤相将：行将。绿酒：美酒。晋陶潜《诸人共游周家墓柏

下》："清歌散新声，绿酒开芳颜。"泛萸酒：《太平御览·事类赋·秋》卷三十二："重阳之日，必以糕酒登高眺迥，为时宴之游赏，以畅秋志。酒必采茱萸甘菊以泛之，既醉而还。"

⑥黄云：边塞之云。塞外沙漠地区黄沙飞扬，天空常呈黄色，故称。鼓鼙（pí）：指大鼓和小鼓，古代军中常用的乐器。《礼记·乐记》："君子听鼓鼙之声，则思将帅之臣。"

⑦玉骢（cōng）：即玉花骢，泛指骏马。唐杜甫《丹青引》："先帝天马玉花骢，画工如山貌不同。"

再送施尊师归穹窿①

紫府追随结愿深②，曰归行色乍骎骎③。
秋风落叶吹飞舄④，夜月横江照鼓琴⑤。
历劫飞沉宁有意⑥，孤云去住亦何心。
贞元朝士谁相待⑦，桃观重来试一寻⑧。

【笺注】

①尊师：对师长的敬称。唐韩愈《石鼎联句》诗序："夜尽三更，二子思竭不能续，因起谢曰：尊师，非世人也，某伏矣，愿为弟子，不敢更论诗。"施尊师：这里指施闰章，明末清初诗人，字尚白，号愚山，安徽宣城人。顺治进士，历官至江西参议，罢官闲居多年，晚年举博学鸿词，官至翰林侍读。诗与宋琬齐名，有"南施北宋"之称。有康熙间刻本《施愚山先生全集》。穹窿：山名，在江苏苏州。

②紫府：道教称仙人所居。晋葛洪《抱朴子・祛惑》："及至天上，先过紫府，金牀玉几，晃晃昱昱，真贵处也。"

③行色：行旅出发前后的情状。骎（qīn）骎：马疾速奔驰貌。引申为急促、匆忙。《诗经・小雅・四牡》："驾彼四骆，载骤骎骎。"

④飞舄（xì）：仙履，喻指仙术。《后汉书》卷八十二上

《方术列传上·王乔》载，汉叶县令王乔，有神仙之术，每月初一，十五乘双舄飞向都城朝见皇帝。

⑤鼓琴：弹琴。《诗·小雅·鹿鸣》："我有嘉宾，鼓瑟鼓琴。"

⑥历劫：佛教语。谓历经宇宙在时间上的一成一毁。这里指经历各种苦难。唐庞蕴《诗偈》："无相真空妙法身，历劫恒沙不迁变。"飞沉：犹沉浮。

⑦贞元朝士：唐刘禹锡《听旧宫中乐人穆氏唱歌》："曾随织女渡天河，记得云间第一歌。休唱贞元供奉曲，当时朝士已无多。"刘禹锡在贞元年间曾任郎官御史，后坐三叔文党贬逐，历二十余年，后以太子宾客再入朝，感念今昔，伤叹自己老而无成。故有此诗。朝士，即朝廷之士，中央官员。

⑧桃观：唐刘禹锡《再游玄都观绝句》并序："余贞元二十一年为屯田员外郎，时此观未有花。是岁出牧连州，寻贬郎州司马。居十年，召至京师，人人皆言有道士手植仙桃，满观如红霞，遂有前篇，以志一时之事。旋又出牧，今十有四年，复为主客郎中。重游玄都，荡然无复一树，唯兔葵燕麦动摇于春风耳。因再题二十八字以俟后游……百亩中庭半是苔，桃花净尽菜花开。种桃道士归何处？前度刘郎今又来。"后因以"桃观"指玄都观。

题竹炉新咏卷并序

惠山听松庵竹茶炉，岁久损坏。甲子秋①，梁汾仿旧制复为之，置积书岩中，诸名士作诗以纪其事。是冬余适得一卷，题曰竹炉新咏，则明时王舍人孟端、李相国西涯诗画并在，实松故物也，喜以归梁汾，即名其岩居曰新咏堂，因次原韵。

炉成卷得事天然，乞与幽居置坐边②。
恰映芙蓉亭下月，重披斑竹岭头烟③。
画如董巨真高士④，诗在成弘极盛年⑤。
相约过君同展看，淡交终始似山泉⑥。

【笺注】

①甲子：康熙二十二年（1683）。

②幽居：深居。

③斑竹：一种茎上有紫褐色斑点的竹子，也叫湘妃竹。晋张华《博物志》卷八："尧之二女，舜之二妃，曰湘夫人，帝崩，二妃啼，以涕挥竹，竹尽斑。"岭头：山顶。

④董巨：五代南唐画家董源和五代、宋初画家巨然。董源，字叔达，擅画水墨或淡着色山水，平淡天真；亦有设色浓

重作品，景物富丽，活泼纵放；兼工龙、牛、虎和人物。巨然，开元寺僧，工画山水、擅画淡墨轻烟之景，与董源并称“董巨”，为五代、宋初江南山水画派的典型代表。高士：志行高洁之士。

⑤成弘：明代年号成化与弘治的并称。

⑥淡交：形容君子之间的友谊真挚而淡泊。《庄子·外篇·山木》：“君子之交淡若水，小人之交甘若醴。君子淡以亲，小人甘以绝。”

赋得月下听泉得阳字

阴森松桧敞虚堂①，月白泉清入户凉②。
半岭清晖涵水木③，断崖风雨溅衣裳④。
蒙蒙碧草侵阶合⑤，嗷嗷惊乌出岫长⑥。
兴熟只应来往惯⑦，明朝携酒待斜阳。

【笺注】

①阴森：树木浓密成荫。宋王安石《绝句》："白马津头驿路边，阴森乔木带漪涟。"松桧（guì）：松柏。

②月白：月色皎洁。

③半岭：半山腰。清晖：山水的代称。宋陆游《老学庵笔记》卷八："国初尚《文选》，当时文人专意此书，故草必称王孙，梅必称驿使，月必称望舒，山水必称清晖。"

④断崖：陡峭的山崖。

⑤蒙蒙：纷杂盛多貌。汉枚乘《梁王菟园赋》："羽盖繇起，被以红沫，蒙蒙若雨委雪。"侵阶：南朝陈张正见《赋得佳期竟不归》："飞蛾屡绕帷前烛，衰草还侵阶上玉。"

⑥嗷嗷：鸟兽鸣声。三国魏曹植《杂诗》之三："飞鸟绕

树翔，嗷嗷鸣索群。”出岫：出山，从山中出来。晋陶潜《归去来兮辞》：“云无心以出岫，鸟倦飞而知还。”

⑦只应：恭敬地伺候，照应。

通志堂成[①]

茂先也住浑河北[②]，车载图书事最佳[③]。
薄有缥缃添邺架[④]，更依衡泌建萧斋[⑤]。
何时散帙容闲坐[⑥]，假日消忧未放怀[⑦]。
有客但能来问字[⑧]，清尊宁惜酒如淮[⑨]。

【笺注】

①通志堂：诗人的书斋名。

②茂先：西晋文学家张华，字茂先，范阳方城（今河北固安）人。历任中书令、侍中、司空等职，后被发动政变的赵王司马伦和孙秀所杀。张华以博洽著称，原有集，已散佚，后人辑有《张司空集》，另著有《博物志》。

③车载图书：用“书载茂先三十乘”之典。《晋书·张华传》：“（张华）雅爱书籍，身死之日，家无余财，惟有文史溢于机箧。尝徙居，载书三十乘。”

④缥缃：指书卷。缥，淡青色；缃，浅黄色。古时常用淡青、浅黄色的丝帛做书囊书衣，因以指代书卷。南朝梁萧统《〈文选〉序》：“词人才子，则名溢于缥囊；飞文染翰，则卷盈乎缃帙。”邺架：唐韩愈《送诸葛觉往随州读书》：“邺侯家多书，插架三万轴。”邺侯，即唐代大臣李泌。后因以“邺

架”比喻藏书处。

⑤衡泌：谓隐居之地。语本《诗·陈风·衡门》：“衡门之下，可以栖迟，泌之洋洋，可以乐饥。”朱熹集传：“此隐居自乐而无求者之词。言衡门虽浅陋，然亦可以游息；泌水虽不可饱，然亦可以玩乐而忘饥也。”萧斋：唐张怀瑾《书断》：“（梁）武帝造寺，令萧子云飞白大书‘萧’字，至今一字存焉。李约竭产自江南买归东洛，建一小亭以玩之，号曰‘萧斋’。”后人称寺庙、书斋为“萧斋”。

⑥散帙：打开书帙，借指读书。《文选·谢灵运〈酬从弟惠连〉诗》：“凌涧寻我室，散帙问所知。”刘良注：“散帙，谓开书帙也。”

⑦假日：假借时日。消忧：消解忧愁。放怀：开怀，放宽心怀。

⑧问字：《汉字·扬雄传》载，扬雄多识古文奇字，刘棻曾向扬雄学奇字。后称从人受学或向人请教为“问字”。宋陆游《小园》：“客因问字来携酒，僧趁分题就赋诗。”

⑨清尊：酒器，借指清酒。淮：古水名。表酒多。晋侯以齐侯宴，中行穆子相。投壶，晋侯先。穆子曰：“有酒如淮，有肉如坻。寡君中此，为诸侯师。”中之。齐侯举矢，曰：“有酒如渑，有肉如陵。寡人中此，与君代兴。”亦中之。宋刘辰翁《浣溪沙》：“人间安得酒如淮。”

病中过锡山[1]

润州山尽路漫漫[2]，天入蓉湖漾碧澜。
彩鹢风樯连塔影[3]，飞鸿云阵度峰峦[4]。
泉烹绿茗徐蠲渴[5]，酒泛青瓷渐却寒。
久爱虎头三绝誉[6]，今来仍向画中看。

【笺注】

①锡山：在今江西省无锡市西郊，相传周秦时期盛产锡矿，故称。

②润州：今江苏镇江市。

③风樯：指帆船。

④飞鸿：飞行着的鸿雁。亦指画有鸿雁的旗。云阵：指军队。

⑤绿茗：绿茶。蠲（juān）：除去。汉荀悦《申鉴·政体》："四患既蠲，五政既立，行之以诚，守之以固。"

⑥虎头三绝：指东晋画家顾恺之，小字虎头。晋陵无锡人也，博学有才气。善绘画，精于人像、佛像、山水等，时人称之为三绝，即画绝、文绝和痴绝。《晋书·文苑》载："人问以会稽山川之状，恺之云：'千岩竞秀，万壑争流。草木蒙笼，若云兴霞蔚。'恺之每食甘蔗，恒自梢至根。人或怪之，云：

‘渐入佳境。’尤善丹青，图写特妙，谢安深重之，以为有苍生以来未之有也。每图起人形，妙绝于时。尝图裴楷象，颊上加三毛，观者觉神明殊胜。尤信小术，以为求之必得。人尝以一柳叶绐之，曰：‘此蝉所翳叶也，取以自蔽，人不见己。’恺之喜，引叶自蔽，信其不见己也，甚以珍之。故俗传恺之有三绝：才绝，画绝，痴绝。”

又

棹女红妆映茜衣[①]，吴歌清切傍斜晖[②]。
林花刺眼篷窗入[③]，药裹关心蜡屐违[④]。
藕荡波光思淡永[⑤]，碧山岚气望霏微[⑥]。
细莎斜竹吟还倦[⑦]，绣岭停云有梦依[⑧]。

【笺注】

①棹女：船家女。红妆：指女子的盛妆。因妇女饰多用红色，故称。茜（qiàn）：大红色。

②吴歌：吴地汉族民歌歌谣。清切：形容声音清亮急切。斜晖：傍晚西斜的阳光。南朝梁简文帝《序愁赋》："玩飞花之入户，看斜晖之度寮。"

③林花：盛花、丰茂之花。李煜《相见欢》："林花谢了春红。"篷窗：犹船窗。

④药裹：药包，药囊。蜡屐：以蜡涂木屐。语出南朝宋刘义庆《世说新语·雅量》："或有诣阮（阮孚），见自吹火蜡屐，因叹曰：'未知一生当著几量屐！'神色闲畅。"后因以"蜡屐"指悠闲、无所作为的生活。

⑤波光：水波反射出来的光。淡永：平静、淡定。晋挚虞

《思游赋》："乐自然兮识穷达，淡无思兮心恒娱。"

⑥岚气：山中雾气。晋夏侯湛《山路吟》："冒晨朝兮入大谷，道逶迤兮岚气清。"霏微：迷蒙。

⑦细莎：小草。

⑧绣岭：山势高峻，如云霞绣错。

春　柳

苑外银塘乍泮冰①，柳眠初起鬓鬅鬙②。
谢娘微黛轻难学③，楚女纤腰弱不胜④。
袅雾萦烟枝濯濯⑤，欹风困雨浪层层⑥。
絮飞时节青春晚⑦，绿锁长门半夜灯⑧。

【笺注】

①银塘：清澈明净的池塘。南朝梁简文帝《和武帝宴诗》之一："银塘泻清渭，铜沟引直漪。"泮（pàn）冰：冰开始融解。《诗经·邶风·有枯叶》："士如归妻，迨冰未泮。"

②柳眠：即三眠柳，见前注。鬅（péng）鬙（sēng）：头发散乱貌。唐段成式《酉阳杂俎续集·支诺皋上》："忽见一小鬼鬅鬙，头长二尺余。"

③谢娘：晋王凝之妻谢道韫有文才，后人因称才女为"谢娘"。

④楚女纤腰：《韩非子·二柄》："楚灵王好细腰，而国中多饿人。"泛称女子的细腰。欧阳修《减字木兰花》："香生舞袂，楚女腰肢天与细。粉汗重匀，酒后轻寒不著人。"

⑤濯濯：明净貌，清朗貌。《诗·大雅·崧高》："四牡蹻

蹻，钩膺濯濯。”毛传：“濯濯，光明也。”

⑥敧风困雨：寒冷的风，久下成灾的雨，形容天气恶劣。

⑦青春：指春天。春季草木茂盛，其色青绿，故称。《楚辞·大招》：“青春受谢，白日昭只。”王逸注：“青，东方春位，其色青也。”

⑧长门：汉宫名。汉司马相如《长门赋》序：“孝武皇帝陈皇后时得幸，颇妒，别在长门宫，愁闷悲思。闻蜀郡成都司马相如天下工为文，奉黄金百斤，为相如、文君取酒，因于解悲愁之辞。而相如为文以悟主上，陈皇后复得亲幸。”后以“长门”借指失宠女子居住的寂寥凄清的宫院。

垂丝海棠[1]

天孙剪绮系擨丝[2]，似睡微醒困不支[3]。
晓露冷匀新茜靥，春烟晴晕淡胭脂[4]。
樱桃对面羞酣态[5]，棠棣相窥妒艳姿[6]。
惟有粉垣斜日色[7]，爱扶红影弄参差[8]。

【笺注】

①垂丝海棠：海棠的一种。《广群芳谱·花谱·海棠一》："垂丝海棠，树生柔枝长蒂，花色浅红，盖由樱桃接之而成，故花梗细长似樱桃，其瓣丛密而色娇媚，重英向下有若小莲。"

②天孙：传说中巧于织造的仙女。唐柳宗元《乞巧文》："下土之臣，窃闻天孙，专巧于天。"

③不支：不能支撑。

④春烟：指春天的云烟岚气等。《魏书·常景传》："长卿有艳才，直致不群性，郁若春烟举，皎如秋月映。"晴晕：阳光照在枝叶花瓣上反射出的一片淡晕。胭脂：化妆用的红色颜料，这里用喻指海棠花的颜色。宋陈与义《春寒》："海棠不惜胭脂色，独立蒙蒙细雨中。"

⑤酣态：海棠花盛开使得浓烈，似美人醉酒酣睡之态。元无名氏《怨恨》："杨柳嫩海棠酣，景物尴尬，离恨何时减。"明杨弘《醉春风》："酣容一似海棠娇，醉醉醉。"

⑥棠棣：花名，花黄色，春末开。相窥：互相窥望。艳姿：艳美的风姿。

⑦粉垣：涂刷成白色的墙。

⑧红影：指海棠花的影子。

杏　花

不是心伤艳蕊梢①，依稀扶醉过花朝②。
枕函宿粉匀无迹③，病颊微红淡欲消。
羯鼓催开春艳艳④，早莺啼破雨飘飘。
竹篱村店年时会⑤，想得当垆尔许娇⑥。

【笺注】

①蕊梢：花蕊绽放的枝头。元于伯渊《后庭花》："豆蔻蕊梢头嫩，绛纱香臂上封。"

②花朝：即花朝节。旧俗以农历二月十五日为"百花生日"，故称此日为"花朝节"。宋吴自牧《梦粱录·二月望》："仲春十五日为花朝节，浙间风俗，以为春序正中，百花争放之时，最堪游赏。"又有以农历二月初二日或十二日为花朝节者。指百花盛开的春晨，大好春光。

③枕函：中间可以藏物的枕头。诗人在《前调》之六中有"红绵粉冷枕函偏"。

④羯鼓：古代打击乐器的一种。起源于印度，从西域传入，盛行于唐开元、天宝年间。《通典·乐四》："羯鼓，正如漆桶，两头俱击。以出羯中，故号羯鼓，亦谓之两杖鼓。"艳

艳：浓。唐李群玉《感春》："春情不可状，艳艳令人醉。"

⑤竹篱：用竹编的篱笆。《南史·王俭传》："宋世，宫门外六门城设竹篱。"村店：乡村酒肆。

⑥当垆：指卖酒。垆，放酒坛的土墩。《汉书·司马相如传上》："尽卖车骑，买酒舍，乃令文君当卢（垆）。"汉辛延年《羽林郎》："胡姬年十五，春日独当垆。"尔许：犹言如许、如此。

又

马上墙头往往迎[①]，一枝低亚帽檐横[②]。
画桥压浦知何处[③]，红袖招人绰有情[④]。
深巷月斜留蝶宿，小池烟晓拂奁轻。
秋千索下春才半，暗数流光到卖饧[⑤]。

【笺注】

①马上墙头：指男女青年相恋的地方。宋晁端礼《水龙吟》："马上墙头，纵教瞥见，也难相认。"杏花作为一个诗歌意象，往往与男女之春心恋情相关。唐温庭筠《杨柳枝》："杏花未肯无情思，何事情人最断肠。"

②低亚：低垂。亚，低压。元王实甫《西厢记》第三本第三折："良夜迢迢，闲庭寂静，花枝低亚。"

③画桥：雕饰华丽的桥梁。浦：水边。

④红袖：女子的红色衣袖。南朝齐王俭《白纻辞》之二："情发金石媚笙簧，罗袿徐转红袖扬。"绰：多。

⑤流光：如流水般逝去的时光。卖饧：指春天艳阳天，此时小贩开始吹箫叫卖糖，故称。宋祁《寒食》："草色引开盘马地，箫声催暖卖饧天。"饧（xíng），用麦芽或谷芽熬成的饴糖。

又

吹罢江梅才几日[1]，一枝闲淡又斜晖[2]。
寒禁花信愆期易[3]，病减春游好事稀。
池面留脂娇独绝，楼头听雨梦相违[4]。
社钱掠得茅庵去[5]，也胜前村买醉归。

【笺注】

①江梅：一种野生梅花。宋范成大《梅谱》："江梅，遗核野生、不经栽接者，又名直脚梅，或谓之野梅。凡山间水滨荒寒清绝之趣，皆此本也。花稍小而疏瘦有韵，香最清，实小而硬。"

②闲淡：幽雅清淡。明尹嘉宾《江上杂咏三首》之三："杏花淡淡柳丝丝，画舸春江听雨时。"斜晖：指傍晚西斜的阳光。南朝梁简文帝《序愁赋》："玩飞花之入户，看斜晖之度寮。"

③寒禁：寒气逼迫。花信：即花信风。应花期而来的风，自小寒至谷雨，凡四月，共八个节气，一百二十日，每五日一候，计二十四候。每候应以一种花的信风，每气三番。小寒：梅花、山茶、水仙；大寒：瑞香、兰花、山矾；立春：迎春、

樱桃、望春；雨水：菜花、杏花、李花；惊蛰：桃花、棣棠、蔷薇；春分：海棠、梨花、木兰；清明：桐花、麦花、柳花；谷雨：牡丹、酴醾、楝花。宋范成大《闻石湖海棠盛开》诗之一："东风花信十分开，细意留连待我来。"愆期：误期，失期。

④楼头：楼上。唐王昌龄《青楼曲》之一："楼头小妇鸣筝坐，遥见飞尘入建章。"

⑤社钱：指进行社事活动所需的款项。唐卢纶《村南逢病叟》："卧驱鸟雀惜禾黍，犹恐诸孙无社钱。"茅庵：茅庐，草舍。唐胡曾《自岭下泛鹢到清远峡作》："不为箧中书未献，便来兹地结茅庵。"

又

婷婷谁伴度春宵①，点染疏枝浅色娇②。
丁字帘前香梦断③，粉光亭外薄寒消。
移来片月如梅影④，从此东风到柳条。
花似去年人忆别⑤，卖花消息绝无憀⑥。

【笺注】

①婷婷：美好貌。宋陈师道《黄梅》诗之三：“冉冉梢头绿，婷婷花下人。”

②点染：沾染，沾附。唐郑损《星精石》：“苍苔点染云生靥，老雨淋漓铁溃痕。”浅色娇：宋李冠《千秋万岁》：“杏花好、子细君须辩。比早梅深、夭桃浅。”

③丁字帘：丁字形的卷帘。香梦：美梦，甜蜜的梦境。

④片月：弦月。梅影：梅花之疏影。宋汪藻《点绛唇》：“新月娟娟，夜寒江静山衔斗。起来搔首。梅影横窗瘦。”此句与下句写杏花开在梅后，约略与杨柳成婀娜多姿之时同期。元张养浩《探春》：“梅花已有飘零意，杨柳将垂袅娜枝，杏桃仿佛露胭脂。”

⑤花似去年人忆别：唐温庭筠《蕃女怨》：“画楼离恨锦

屏空，杏花红。”宋欧阳修《诉衷情》：“杨柳绿，杏梢红，负春风。迢迢别恨，脉脉归心，付于征鸿。”

⑥无憀（liáo）：空闲而烦闷的心情，闲而郁闷。唐李商隐《杂曲歌辞·杨柳枝》：“暂凭樽酒送无憀，莫损愁眉与细腰。”

又

一段柔情百媚生[①]，妒他流水去无声。
凝妆似解登垣望[②]，薄怒何当破笑迎[③]。
绣户红云烘壁带[④]，画梁残照泊檐旌[⑤]。
曲江好在花千树[⑥]，憔悴谁知浪得生？

【笺注】

①百媚：唐白居易：“回眸一笑百媚生，六宫粉黛无颜色。”这里形容花朵极其妩媚。宋晏几道《蝶恋花》：“千叶早梅夸百媚。”

②凝妆：盛装，华丽的装饰。唐谢偃《新曲》：“青楼绮阁已含春，凝妆艳粉复如神。”

③破笑：开颜微笑。清曾异撰《江北道中》：“当垆村店女，破笑却如嗔。”

④绣户：雕绘华美的门户，多指妇女居室。红云：喻大片的杏红花。壁带：壁中露出像带一样的横木。《汉书·外戚传下·孝成赵皇后》：“壁带往往为黄金釭，函蓝田璧，明珠、翠羽饰之。”颜师古注：“壁带，壁之横木露出如带者也。”

⑤画梁：有彩绘装饰的屋梁。汉司马相如《长门赋》：

“刻榱（cuī）木兰以为兮，饰文杏以为梁。”

⑥曲江：即曲江池，古湖泊名。故址在今陕西西安市东南，汉武帝造宜春苑于此，隋唐之际重加建凿疏通，池面七里，花卉环周，烟水明媚，为都中第一胜景。

上巳清明[①]

怅望天涯令节同[②]，酒怀诗思两匆匆[③]。
流杯亭榭鸣鸠雨[④]，近水人家插柳风[⑤]。
芳草何心长自绿，桃花无赖只能红[⑥]。
踏青祓禊相将去[⑦]，牢记归途此日逢。

【笺注】

①上巳：旧时节日名。汉以前以农历三月上旬巳日为“上巳”；魏晋以后，定为三月三日，不必取巳日。《后汉书·礼仪志上》：“是月上巳，官民皆絜于东流水上，曰洗濯祓除去宿垢疢为大絜。”清明：为农历二十四节气之一。《淮南子·天文》：“春分后十五日，斗指乙为清明。”上巳有些年例康熙十三、十六、二十、二十一、二十二、二十三年都与清明赶在了一起。

②怅望天涯：人各天涯，只能惆怅地相望。南朝齐谢朓《新亭渚别范零陵》：“停骖我怅望，辍棹子夷犹。”

③诗思：作诗的思路、情致。唐韦应物《休暇日访王侍御不遇》：“怪来诗思清人骨，门对寒流雪满山。”

④流杯：犹流觞。古代习俗，每逢夏历三月上旬的巳日，人们于水边相聚宴饮，认为可祓除不祥。后人仿行，于环曲的

水流旁宴集，在水的上流放置酒杯，任其顺流而下，杯停在谁的前面，谁就取饮，称为“流觞曲水”。亭榭：亭阁台榭。鸠雨：下雨时节。俗谓鸠鸣为雨候，因称。宋陆游《临江仙·离果州作》：“鸠雨催成新绿，燕泥收尽残红。”

⑤柳风：指春风。唐温庭筠《更漏子》词之二：“兰露重，柳风斜，满庭堆落花。”

⑥无赖：似憎而实爱，含亲昵意。宋辛弃疾《浣溪沙》：“啼鸟有时能劝客，小桃无赖已撩人。”

⑦祓（fú）禊（xì）：犹祓除。古祭名，源于古代“除恶之祭”。或濯于水滨，或秉火求福。三国魏以前多在三月上巳，魏以后但在三月三日，亦有延至秋季者。汉刘桢《鲁都赋》：“及其素秋二七，天汉指隅，民胥祓禊，国于水嬉。”

绿　阴

春雨春风洗故枝，残红落尽碧参差[1]。
烟光薄处蜂犹觅，日影添来马不知[2]。
匝地重阴迷别径[3]，卷帘浓翠润枯棋[4]。
乱蝉转眼柴门路[5]，又见先生坦腹时[6]。

【笺注】

①残红：凋残的花，落花。

②日影：指日光之影。宋秦观《和孙莘老题召伯埭斗野亭》：“揽衣视日影，薄阴漏微明。”

③匝地：遍地。唐王勃《还冀州别洛下知己序》：“风烟匝地，车马如龙。”重阴：犹浓阴。唐王维《与卢员外象过崔处士兴宗林亭》：“绿树重阴盖四邻，青苔日厚自无尘。”

④卷帘：卷起或掀起帘子。浓翠：深绿。

⑤转眼：形容时间短促。《敦煌变文集·无常经讲经文》：“转眼艰难声唤频，由不悟无常抛暗号。”柴门：用柴门做的门，代指贫穷之家。

⑥坦腹：南朝宋刘义庆《世说新语·雅量》：“郗太傅在京口，遣门生与王丞相书求女婿。丞相语郗信：‘君往东厢，

任意选之。’门生归，白郗曰：‘王家诸郎，亦皆可嘉，闻来觅壻，咸自矜持。唯有一郎在东床上坦腹卧，如不闻。’郗公云：‘正此好！’访之，乃是逸少（王羲之），因嫁女与焉。”袒露胸腹，这里指自适潇洒的生活状态。

雨　后

宿雨芦村暑乍清[①]，归云天外一峰晴。
蝉嘶柳陌多相应[②]，燕踏琴弦别作声。
白日旋消高枕过[③]，秋风又向乱砧生[④]。
伤心咫尺江干路[⑤]，拟著渔蓑计未成[⑥]。

【笺注】

①宿雨：久雨，多日连续下雨。

②柳陌：植柳之路。相应：互相呼应，应和。

③高枕：枕着高枕头，谓无忧无虑。

④砧：指捣衣声。《乐府诗集·近代曲辞二》卷八十，无名氏《排遍第二》：“明月照秋叶，西风响夜砧。”

⑤江干：江岸，江边。唐王勃《羁游饯别》：“客心悬陇路，游子倦江干。”

⑥渔蓑：渔人的蓑衣。这里代指归隐的生活。元张可久《幽居二首》之二：“笑白发犹缠利锁，喜红尘不到渔蓑。”

秋　夜

庚亮南楼发兴同①，稍闻疏响起梧桐②。
苹风凉晕初弦月③，草露秋归满院虫④。
灯火有情添夜课，文章无效悔前功。
相思此际江边客，夹岸蒹葭听不穷⑤。

【笺注】

①庚亮：字符规，颍川鄢陵（今河南鄢陵北）人。东晋时期外戚、名士，姿容俊美，举止严肃庄重，善谈玄理，遵礼法。南楼：古楼名。在湖北省鄂城县南，又名玩月楼。南朝宋刘义庆《世说新语·容止》："庾太尉（庾亮）在武昌，秋夜气佳景清，使吏殷浩、王胡之之徒登南楼理咏。"发兴：激发意兴。

②疏响起梧桐：隋虞世南《蝉》："垂緌饮清露，流响出疏桐。"

③苹风：掠过苹草之风，微风。唐玄宗《同玉真公主过大哥山池》："桂月先秋冷，苹风向晚清。"

④草露：草上露水。

⑤夹岸：水流的两岸，堤岸的两边。蒹葭：《诗·秦风·蒹葭》："蒹葭苍苍，白露为霜。所谓伊人，在水一方。"本指在水边怀念故人，这里指在水边怀念故人。

中元前一夕枕上偶成[1]

酒醒池亭耿不眠[2]，帐纹漠漠隔轻烟[3]。
溪风到竹初疑雨，秋月如弓渐满弦。
残梦远经吹角戍[4]，明河长亘捣衣天[5]。
哀蛩饯晓浑多事[6]，也似严更古驿边[7]。

【笺注】

①中元：指农历七月十五日。旧时道观于此日作斋醮，僧寺作盂兰盆会，民俗亦有祭祀亡故亲人等活动。唐韩鄂《岁华纪丽·中元》："道门宝盖，献在中元。释氏兰盆，盛于此日。"

②池亭：池边的亭子。耿：心情不安，悲伤。宋张元幹《永遇乐·宿鸥盟轩》："耿无眠，披衣顾影，乍闻绕堦络纬。"

③漠漠：迷蒙貌。

④残梦：零碎不全的梦。角戍：边防驻军的角声。

⑤明河：天河，银河。唐宋之问《明河篇》："明河可望不可亲，愿得乘槎一问津。"长亘：绵长，绵延。捣衣：洗衣时用木杵在砧上捶击衣服，使之干净。北周庾信《夜听捣衣》："秋夜捣衣声，飞度长门城。"

⑥蛩（qióng）：蟋蟀的别名。南朝宋鲍照《拟古》诗之七："秋蛩扶户吟，寒妇晨夜织。"饯晓：晓晨送行。清王士

禛《怨王孙·和漱玉词》之二："旅雁生秋，哀蛩饯晓。"

⑦严更：警夜行的更鼓。《文选·班固〈两都赋〉》："周以钩陈指位，卫以严更之署。"李善注引薛综《西京赋》注曰："严更，督行夜鼓。"

南海子[1]

相风微动九门开[2]，南陌离宫万柳栽[3]。
草色横粘下马泊，水光平占晾鹰台[4]。
锦鞯欲射波间去[5]，玉辇疑从岛上回[6]。
自是软红惊十丈[7]，天教到此洗尘埃[8]。

【笺注】

①南海子：即南苑。清顾祖禹《读史方舆纪要》卷十一：“又有南海子，在京城南二十里，旧为下马飞放泊，内有按鹰台。明永乐十二年，增广其地，周围凡一万八千六百六十丈，乃育养禽兽，种植蔬果之所。中有海子大小凡三。其水四时不竭，一望弥漫。”

②相风：观测风向的仪器，常用作仪仗。晋潘岳《相风赋》：“立成器以相风，栖灵乌于帝庭。”九门：禁城中的九种门。古宫室制度，天子设九门。郑玄注《礼记·月令》：“天子九门者，路门也、应门也、雉门也、库门也、皋门也、城门也、近郊门也、远郊门也、关门也。”后用以称宫门。

③南陌：南面的道路。离宫：正宫外供帝王出巡时居住的宫室。《汉书·贾山传》：“秦非徒如此也，起咸阳而西至雍，离宫三百，钟鼓帷帐，不移而具。”颜师古注：“凡言离宫者，

皆谓于别处置之，非常所居也。”

④晾鹰台：元代游猎之所，猎者常携鹰休憩于此，故名。后为各朝皇家围猎、习武之地，其地在今北京市郊南苑。明刘侗、于奕正《帝京景物略·南海子》：“海中殿，瓦为之……殿傍晾鹰台，鹰扑逐以汗，而劳之，犯霜雨露以濡，而煦之也。”

⑤锦鞯：锦制的衬托马鞍的坐垫。唐岑参《卫节度赤骠马歌》：“红缨紫鞚珊瑚鞭，玉鞍锦鞯黄金勒。”此代指装饰华美之马匹。

⑥玉辇：天子所乘之车。

⑦软红：犹言软红尘，谓繁华热闹。宋苏轼《次韵蒋颖叔钱穆父从驾景灵宫》之一：“半白不羞垂领发，软红犹恋属车尘。”自注：“前辈戏语，有西湖风月，不如东华软红香土。”十丈软红：佛家语，指红尘世界。

⑧天教：上天示意，以为教诲。

净业寺[1]

红楼高耸碧池深[2]，荷芰生凉豁远襟[3]。
湖色静涵孤刹影[4]，花香暗入定僧心[5]。
经翻佛藏研朱筴[6]，地赐朝家布紫金[7]。
下马长堤一吟望，梵钟杂送海潮音[8]。

【笺注】

①净业寺：位于净业湖（什刹海），建于明嘉靖三十七年（1558），由内官监太监袁享、司礼监太监妙福等捐资修建，额曰“智光寺”，后更名为“净业寺”。清重修。

②红楼：指华美的楼房。这里代指寺庙。碧池：水色清澄的什刹海。

③荷芰：荷叶与菱叶。

④孤刹：孤立的佛寺。这里指净业寺。宋韩维《游城南双塔院》：“归鞅一回首，孤刹屹当午。”

⑤定僧：坐禅入定的和尚。

⑥佛藏：佛教经典的总称，通称“大藏经”“一切经”。研朱：研磨朱砂。筴：书简，簿册。《国语·鲁语上》：“书以为三筴。”韦昭注：“筴，简书也。”研朱筴，指用朱笔评校书籍。

⑦朝家：国家、朝廷。《后汉书·应劭传》："鲜卑隔在漠北……苟欲国珍货，非为畏威怀德。计获事足，旋踵为害。是以朝家外而不内，盖为此也。"李贤注："朝家犹国家也。"布：施予，布施。《庄子·列御寇》："施于人而不忘，非天布也。"王先谦集解："施于人则欲勿忘，有心见德，非上天布施之大道。"紫金：一种珍贵矿物质。明曹昭《格古要论·珍宝论·紫金》："古云半两钱即紫金，今人用赤铜和黄金为之。然世人未尝见真紫金。"

⑧梵钟：佛寺中的大钟。唐太宗《谒并州大兴国寺》："梵钟交二响，法日转双轮。"海潮：海洋潮汐，定时涨落，无念无执，不违其时。喻指佛菩萨应时适机而说法的声音。鸠摩罗什译妙法莲华经》："观世音菩萨普门品：'观世音菩萨，梵音海潮音，胜彼世间音，是故须常念。'"

扈跸霸州[1]

霸山重镇奠神京[2]，鸾辂春游淑景明[3]。
万流银涛冲古岸[4]，四围玉甃护严城[5]。
花承暖日迎来骑，柳带新膏绾去旌[6]。
八砦雄图今更固[7]，行随赏乐胜蓬瀛[8]。

【笺注】

①霸州：即今霸州市，位于冀中平原东部，距北京80公里。秦属广阳郡，汉属琢郡益昌县，五代后周显德六年（959）建置霸州。金、元、明、清各朝，均为直隶管。1677年4月，康熙外出，至霸州行猎，诗人随扈。

②神京：帝都，都城。

③鸾辂：天子王侯所乘之车。《吕氏春秋·孟春纪》："天子居青阳左个。乘鸾辂，驾苍龙。"高诱注："辂，车也。鸾鸟在衡，和在轼，鸣相应和。后世不能复致，铸铜为之，饰以金，谓之鸾辂也。"游淑：美景。

④万流：众多的水流。晋潘岳《沧海赋》："群溪俱息，万流来同。"银涛：银白色的波涛。

⑤玉甃：指洁白的墙垣，像井壁一样光滑。严城：戒备森严的城池。

⑥绾（wǎn）：牵系。唐刘禹锡《杨柳枝》："长安陌上无穷树，唯有垂杨绾别离。"

⑦八砦（zhài）：地名，即八寨，此代指清廷之外藩。雄图：指险要的地域。

⑧蓬瀛：即蓬莱、瀛洲。传说中的海中仙山名。《史记·封禅书》："自威、宣、燕昭使人入海求蓬莱、方丈、瀛洲。此三神仙者，其传在渤海中。"

幸举礼闱以病未与廷试[1]

晓榻茶烟揽鬓丝[2]，万春园里误春期[3]。
谁知江上题名日，虚拟兰成射策时[4]。
紫陌无游非隔面[5]，玉阶有梦镇愁眉[6]。
漳滨强对新红杏[7]，一夜东风感旧知。

【笺注】

①礼闱：古代科举考试之会试，因为礼部主办，故称礼闱。廷试：科举制度会试中式后，由皇帝亲自策问，在殿廷上举行的考试。通常称殿试。《明史·选举志二》："以举人试之京师，曰会试。中式者，天子亲策于廷，曰廷试，亦曰殿试。"此诗作于康熙十二年（1673）。徐乾学《纳兰墓志铭》："会试中式，将廷对，患寒疾。"

②茶烟：泡茶时产生的烟。鬓丝：鬓发。唐李商隐《赠司勋杜十三员外》诗："心铁已从干镆利，鬓丝休叹雪霜垂。"

③万春园：纳兰《渌水亭杂识》："元时海子岸有万春园。"清朱彝尊《日下旧闻考》卷五十四："万春园久废，以其地考之，当近火神庙后亭云。"误春期：暗指自己延误了考试。

④兰成：北周庾信的小字。唐陆龟蒙《小名录》："庾信

幼而俊迈，聪敏绝伦，有天竺僧呼信为兰成，因以为小字。”北周庾信《哀江南赋》：“王子滨洛之岁（周灵王太子晋十五岁时），兰成射策之年。”射策：汉代考试取士方法之一。《汉书·萧望之传》：“望之以射策甲科为郎。”颜师古注：“射策者，谓为难问疑义书之于策，量其大小署为甲乙之科，列而置之，不使彰显。有欲射者，随其所取得而释之，以知优劣。射之言投射也。”后泛指应试。

⑤紫陌：指京师郊野的道路。唐刘禹锡《元和十一年自朗州召至京戏赠看花诸君子》：“紫陌红尘拂面来，无人不道看花回。”

⑥玉阶：玉石砌成或装饰的台阶，此代指金銮殿。

⑦漳滨：漳水边。汉刘桢《赠五官中郎将》：“余婴沈痼疾，窜身清漳滨。”后因用为卧病的典实。强对：有力的对手。红杏：代指及第的进士。礼闱发榜之时正值杏花开放之时，故红杏被称为“及第”花。

喜吴汉槎归自关外次座主涂先生韵①

才人今喜入榆关②，回首秋笳冰雪闲③。
玄菟漫闻多白雁④，黄尘空自老朱颜⑤。
星沉渤海无人见⑥，枫落吴江有梦还⑦。
不信归来真半百⑧，虎头每语泪潺湲⑨。

【笺注】

①吴汉槎：吴兆骞，字汉槎，江苏人，清代文学家。少有隽才，文名鹊起。顺治丁酉（1657）举乡试，因“科场案，流放宁古塔”，所作《长白山赋》，为世所传。其友人顾贞观恳求诗人相助，后经纳兰父亲明珠营救，得以赎还。吴兆骞的诗作慷慨悲凉，独奏边音，有“边塞诗人”之誉。徐先生：指徐乾学。

②才人：有才能、才情之人，这里指吴汉槎。榆关：此指山海关。唐于志宁《中书令昭公崔敦礼碑》：“奉敕往幽州……建节榆关，糜清柳室。”

③笳：即胡笳，中国古代北方民族的一种吹奏乐器。

④玄菟：古郡名，汉武帝置，辖境相当于我国辽宁东部及朝鲜咸镜道一带。后泛指边塞要地。白雁：候鸟，体色纯白，似雁而小。

⑤黄尘：黄色尘土，比喻俗世、尘世。

⑥星沉：星光暗淡。渤海：我国的内海，位于辽、冀、鲁、津三省一市间，东至辽东半岛南端，南至山东半岛北岸。

⑦枫落吴江：《旧唐书·郑世翼传》："时崔信明自谓文章独步，多所凌轹。（郑）世翼遇诸江中，谓之曰：'尝闻枫落吴江冷。'信明欣然示百余篇。世翼览之未终，曰：'所见不如所闻。'投之于江。信明不能对，拥楫而去。"吴江，吴汉槎家乡。枫落吴江，这里指吴汉槎被放归到故乡。

⑧半百：五十，多用于年龄。吴汉槎被放归时在康熙二十年，年五十一岁。

⑨虎头：即东晋画家顾恺之，字长康，小字虎头，晋陵无锡人。因顾恺之与顾贞观同姓，又同为无锡人，故诗人在此以"虎头"代指顾贞观。潺湲：流貌。

山海关

雄关阻塞戴灵鳌①，控制卢龙胜百牢②。
山界万重横翠黛③，海当三面涌银涛④。
哀笳带月传声切⑤，早雁迎秋度影高。
旧是六师开险处⑥，待陪巡幸扈星旄⑦。

【笺注】

①雄关：雄伟险要的关塞。阻塞：闭塞不通。灵鳌：神话传说中的巨龟。语出《楚辞·天问》："鳌戴山抃，何以安之?"王逸注引《列仙传》："有巨灵之鳌，背负蓬莱之山而抃舞。"

②卢龙：今河北卢龙县，自古为边关战场。百牢：即百牢关，在今陕西省勉县西南。隋置，原名白马关，后改今名。清顾祖禹《读史方舆纪要·陕西五·汉中府》卷五十六："百牢关在州西南，隋开皇中置，以蜀路险，号曰百牢也。或曰，其地有百牢谷，因名。"

③翠黛：指碧绿的远山。

④银涛：银白色的波涛。宋杨万里《已至湖尾望见西山》："好风稳送五湖船，万顷银涛半霎开。"

⑤六师：周天子所统六军之师。《书·康王之诰》："张皇六师，无坏我高祖寡命。"后以为天子军队之称。

⑥星旌：绘有星辰的旌，指旌旗。《逸周书·王会》："楼烦以星施。星施者，珥尾。"孔晁注："施所以为旌羽珥。"朱右曾校释："愚案：《说文》云：'施，旗皃。珥，瑱也。'盖垂旄于旗若珥然。"

兴京陪祭福陵

龙盘凤翥气佳哉①，东指斋宫御辇来②。
影入松楸仙仗远③，香升俎豆晓云开④。
盛仪备处千官肃⑤，神贶承时万马回⑥。
豹尾叨陪须献颂⑦，小臣惭愧展微才。

【笺注】

①龙盘凤翥：形容山势绵延雄壮。龙盘，如龙之盘卧状，形容雄壮绵延的样子。凤翥（zhù），凤凰高飞。

②斋宫：位于紫禁城东六宫之南，为皇帝行祭天祀地典礼前的斋戒之所。

③松楸（qiū）：松树与楸树。墓地多植，因以代称坟墓。南朝齐谢朓《齐敬皇后哀策文》："陈象设于园寝兮，映舆鍐于松楸。"仙仗：神仙的仪仗。明屠隆《彩毫记·仙翁指教》："知君旧籍隶虚皇，列近侍班行，谪来尘土离仙仗。"后指皇帝的仪仗。

④俎（zǔ）豆：俎和豆，古代祭祀时盛食物用的两种礼器，后引申为祭祀之意。《论语·卫灵公》："卫灵公问陈于孔子。孔子对曰：'俎豆之事，则尝闻之矣；军旅之事，未之学

也。'" 三国魏何晏《史记集解》引汉孔安国注："俎豆，礼器。"

⑤盛仪：隆重的仪式。千官：众多的官员。《吕氏春秋·君守》："大圣无事，而千官尽能。"唐曹唐《三年冬大礼》诗之三："千官不动旌旗下，日照南山万树云。"

⑥神贶（kuàng）：神灵的恩赐。唐黄滔《课虚责有赋》："所谓摆扬恬淡，剖判虚空，冀其神贶，逮彼幽通。"

⑦豹尾：天子属车。这里代指天子。叨陪：谦称陪侍或追随。

泰　山

灵符作镇敞天门①，群岳称宗秩望尊②。
三观峰高擎日月③，五株松偃老乾坤④。
雕甍贝阙神宫壮⑤，碧藓苍崖古碣存。
远眺齐州烟九点⑥，不知身在白云根⑦。

【笺注】

①灵符作镇：指康熙皇帝赐予的“配天作镇”匾。天门：即泰山之天门。

②群岳称宗：泰山古称“东岳”，亦称“岱山”“岱宗”。秩望：位次。

③三观峰：泰山上的三座高峰，一为日观峰，泰山极顶的一座最高峰，下有巨石峭出山顶向北延伸，称为“探海石”，人们可在此观赏日出奇景。二为月观峰，与日观峰相对，月夜观景佳处。三为大观峰，崖壁上刻有唐玄宗封泰山时亲笔书写的《纪泰山铭》，康熙来此，写下“云峰”二字。擎日月：指峰高，日月犹如捧在手上一样。

④五株松：即秦始皇封舜的“五大夫松”。《史记·封禅书》：“始皇之上泰山，中阪遇暴风雨，休于大树下。”因大树

护驾有功，封以“五大夫”爵位。

⑤雕甍（méng）：雕饰文采的殿亭屋脊。甍，屋脊；屋栋。贝阙：以紫贝为饰的宫阙。本指河伯所居的龙宫水府，这里形容壮丽的宫室。

⑥齐州：犹中州，古时指中国。《尔雅·释地》：“岠齐州以南，戴日为丹穴。”郭璞注：“岠，去也；齐，中也。”邢昺疏：“中州，犹言中国也。”化用李贺《梦天》：“遥望齐州九点烟。”中国分九州，故称“九点烟”。

⑦云根：深山云起之处。泰山山峰突兀峻拔，雄伟壮丽，主峰海拔1532.7米，云海翻卷。

曲阜①

万骑新过五父衢②，玉銮停御璧池初③。
弦歌疑尚闻兴阕④，荆棘还看自剪除⑤。
秘籍琳琅怀里玉⑥，宝光腾跃壁中书⑦。
小臣久已瞻麟角⑧，何幸趋承俎豆余⑨？

【笺注】

①康熙二十三年（1684），康熙南巡归京，途经曲阜，举行了隆重的祭孔大典。

②万骑：形容车马之盛。五父衢：故址在今山东曲阜东南。《礼记·檀弓》："孔子少孤，不知其墓，殡于五父之衢。"

③玉銮：天子车驾。璧池：古代学宫前半月形的水池。《新唐书·归崇敬传》："古天子学曰辟雍。以制言之，壅水环缭如璧然；以谊言之，以礼乐明和天子云尔。在《礼》为泽宫，故前世或曰璧池，或曰璧沼，亦言学省。"原为太学，因讲习儒学，故借指儒学兴起之地。

④弦歌：指礼乐教化。《论语·阳货》："子之武城，闻弦歌之声，夫子莞尔而笑曰：'割鸡焉用牛刀。'子游对曰：'昔者偃也闻。'诸夫子曰：'君子学道则爱人，小人学道则易使也。'子曰：'二三子，偃之言是也，前言戏之耳。'"阕：停

止，终了。

⑤荆棘：指山野丛生多刺的灌木，比喻纷乱。剪除：斫除，伐灭。这里孔子倡导的儒家思想虽经历纷乱，但仍然不衰，完整保存。

⑥秘籍琳琅：指孔子的藏书琳琅满目。汉武帝时，鲁恭王坏孔子宅，从壁中得大量古书。

⑦壁中书：汉代发现于孔子宅壁中藏书。近人认为这些书是战国时的写本，至秦始皇焚书坑儒时，孔子八世孙孔鲋或谓鲋弟腾藏入壁中的。《汉书·艺文志》："《古文尚书》者，出孔子壁中。武帝末，鲁恭王坏孔子宅，欲以广其宫，而得《古文尚书》及《礼记》《论语》《孝经》凡数十篇，皆古字也。"

⑧麟角：麒麟之角，比喻稀罕而又可贵的人才或事物。晋葛洪《抱朴子·极言》："若夫睹财色而心不战，闻俗言而志不沮者，万夫之中有一人为多矣。故为者如牛毛，获者如麟角也。"

⑨趋承：侍奉，侍候。俎豆：俎和豆。古代祭祀、宴飨时盛食物用的两种礼器。引申指崇奉。

扈驾西山①

凤翥龙蟠势作环②，浮青不断太行山③。
九重殿阁葱茏里④，一气风云吐纳间⑤。
熊虎自当驰道伏⑥，蛟螭长捧御书闲。
黄图此日论形胜⑦，惭愧频叨侍从班。

【笺注】

①西山：北京市西郊群山的总称。南起拒马山，西北接军都山。有百花山、灵山、妙峰山、香山、翠微山、卢师山、玉泉山等峰，林泉清幽，为京郊名胜地。1682年，康熙由东北回京时曾停驻西山，诗人随扈。

②势作环：凤飞龙蟠的群山环绕拱卫京城。

③浮青：层峦叠嶂，景物清奇。

④九重：指宫禁。唐卢纶《秋夜即事》："九重深锁禁城秋，月过南宫渐映楼。"葱茏：形容草木青翠茂盛。

⑤风云、吐纳：形容山势气魄大。

⑥熊虎：熊与虎。亦指喻勇猛的将士。晋陆云《吴故丞相陆公诔》："帝曰将军，整尔熊虎，赫赫明明，皇舆出祖。"驰道：古代供君王行驶车马的道路。《礼记·曲礼下》："岁凶，年谷不登，君膳不祭肺，马不食谷，驰道不除，祭事不县。"

孔颖达疏："驰道，正道。如今之御路也。是君驰走车马之处，故曰驰道也。"

⑦黄图：《三辅黄图》的略称。《隋书·经籍志》："《黄图》一卷，记三辅宫观陵庙明堂辟雍郊畤等事。"后泛称记载京都形胜的著作。宋郑樵《〈通志〉总序》："都邑之本，金汤之业，史氏不书，黄图难考。"形胜：地理位置优越，地势险要。《荀子·强国》："其固塞险，形势便，山林川谷美，天材之利多，是形胜也。"

古北口[1]

乱山如戟拥孤城[2]，一线人争鸟道行[3]。
地险东西分障塞[4]，云开南北望神京[5]。
新图已入三关志[6]，往事休论十路兵[7]。
都护近来长不调[8]，年年烽火报升平[9]。

【笺注】

①古北口：长城隘口之一，地势险峻，城防森严。在北京密云东北，为古代军事要地。

②孤城：边远的孤立城寨或城镇。唐王之涣《凉州词》之一："黄河远上白云间，一片孤城万仞山。"

③鸟道：险峻狭窄的山路。

④障塞：即障堡。《管子·幼官》："障塞不审，不过八日而外贼得间。"尹知章注："障塞者，所以防守要路也。"

⑤神京：帝都，京师。

⑥三关：燕蓟之北松亭关，古北口和居庸关，皆为中原险要，恃之以隔绝中外。另，三关古有多种说法，亦可泛指险要之关隘。

⑦十路：康熙曾调动十路兵马将三藩各个击破。这里泛指兵马调动。

⑧都护：官名。汉宣帝置西域都护，总监西域诸国，并护南北道，为西域地区最高长官。其后废置不常。晋宋以后，公府则有参军都护、东曹都护，职权较卑，与汉制异。唐置安东、安西、安南、安北、单于、北庭六大都护，权任与汉同，且为实职。元代有北庭都护。明清废。《汉书·郑吉传》："吉既破车师，降日逐，威震西域，遂并护车师以西北道，故号都护。都护之置自吉始焉。"颜师古注："并护南北二道，故谓之都。都犹大也，总也。"

⑨升平：太平。《汉书·梅福传》："使孝武帝听用其计，升平可致。"颜师古注引张晏曰："民有三年之储曰升平。"

五言排律

扈驾马兰峪赐观温泉恭纪十韵

御天来凤辇[1]，浴日启龙池[2]。
野迥纡皇览[3]，春浓值圣时[4]。
落花萦彩仗[5]，初柳拂朱旗。
行漏三辰拥[6]，停銮万象随[7]。
瑞征泉是醴[8]，喜溢沼生芝。
特许观灵液[9]，相将陟禁墀[10]。
气凝浆五色[11]，味结露三危[12]。
仙跸程遥度[13]，慈闱驾近移[14]。
倍隆长乐养[15]，兼采广微诗[16]。
扈从诚多幸，重华赏荐辞[17]。

【笺注】

①凤辇：皇帝的车驾。《宋史·舆服志一》："凤辇，赤

质，顶轮下有二柱，绯罗轮衣，络带、门帘皆绣云凤。顶有金凤一，两壁刻画龟文、金凤翅。”

②浴日：指太阳初从水面升起。语本《淮南子·天文训》：“日出于旸谷，浴于咸池。”龙池：这里指温泉。

③野迥：旷野。纡：行动缓慢。

④春浓：春意浓郁。宋苏轼《越州张中舍寿乐堂》：“春浓睡足午窗明，想见新茶如泼乳。”圣时：圣明之时。唐张说《奉和御制》：“大块镕群品，经生偶圣时。”

⑤彩仗：彩饰的仪仗。唐李复言《续玄怪录·杨恭政》：“至三更，有仙乐，彩仗，霓旌，绛节，鸾鹤纷纭，五云来降，入于房中。”

⑥行漏：古代计时的漏壶，因水随时移而持续滴注，故称。此处指夜行。唐沈佺期《奉和圣制幸礼部尚书窦希玠宅》：“不知行漏晚，清跸尚裴徊。”三辰：指日、月、星。《左传·桓公二年》：“三辰旂旗，昭其明也。”杜预注：“三辰，日、月、星也。”

⑦停銮：皇帝的车驾停下来。

⑧瑞征：吉祥的征兆。醴（lǐ）：甘甜的泉水。

⑨灵液：仙液，这里指温泉。

⑩相将：相偕，相共。陟（zhì）：由低处向高处走。禁墀：宫殿前的台阶。

⑪五色：青、赤、白、黑、黄五种颜色，泛指各种颜色。

⑫三危：即三危山，传说中的仙山。《山海经·西山经》：“又西二百二十里，曰三危之山，三青鸟居之。”

⑬仙跸：指天子的车驾。唐郑审《奉使巡检两京路种果树事毕入奏因咏》：“何当扈仙跸，攀折奉恩辉。”

⑭慈闱：旧时母亲的代称，这里指太后。

⑮长乐：长乐宫。汉班固《西都赋》："自未央而连桂宫，北弥明光而亘长乐。"此代指皇太后。

⑯采广微诗：古时朝廷有采诗以观民风之制。广微，言诗歌民谣或大或小，尽在采集收罗之列。

⑰重华：虞舜的美称。《书·舜典》："曰若稽古帝舜，曰重华，协于帝。"孔传："华，谓文德。言其光文重合于尧，俱圣明。"此用以代称帝王。荐辞：臣属的进献之辞。

和唐李昌谷恼公诗原韵[1]

洞户层层碧[2]，雕阑处处红[3]。
屏山开孔雀，绮石缀芳丛[4]。
麝靥安黄小，蛾眉点黛浓[5]。
纤腰欺柳带[6]，慧思展蕉筒[7]。
粉盒调湘芷[8]，瓷瓶插水蒗[9]。
宿枝寻晓蝶，书叶爱春虫。
被浪翻灵粟，[10]帷云飏紫茸[11]。
昼眠妆复整[12]，晚浴汗初融。
罗袜宜乘雾[13]，仙裾可趁风[14]。
寄诗搴芍药[15]，擘纸砑芙蓉[16]
砚拂琉璃匣，香熏翡翠笼。
媚花簪蔓鹤[17]，心果剥荷峰[18]。
乍见波先注[19]，佯羞意若蒙[20]。
投梭嗤北里[21]，抱布炫南閟[22]。
华烛然青凤[23]，文茵借绿熊[24]。
柔携荑样手[25]，笑映月如弓。

讵信为行雨[26]，还疑化彩虹。
梦中游洛浦[27]，意外到崆峒[28]。
只合巫山住[29]，何须石窌封[30]。
但期常比翼[31]，即似骤乘龙[32]。
续续更催箭[33]，丁丁漏尽铜[34]。
誓要长久约，密订往来踪。
汉渚明星隐[35]，咸池旭日烘[36]。
霞光生绮縠[37]，树色辨青葱[38]。
喜气胶投漆[39]，离情泪染枫[40]。
王昌联井舍，宋玉隔墙墉[41]。
露浥桃初绽[42]，风披李正秾[43]。
异香专寄寿[44]，射鸟莫过冯。
鸾影昏秦镜[45]，鹍弦解蜀桐[46]。
白头吟早就[47]，黄耳信无从[48]。
苔满斜纹砌，尘凝刻琐栊[49]。
暗添瑶瑟怨[50]，渐减雪肌丰。
郎性翩秋蒂[51]，侬操励晚菘[52]。
选歌嗔傅婢[53]，买卜倩骀僮[54]。
水面窥金鲤，楼头望玉骢[55]。
自怜江柳态，谁忆海棠容？
尽日怀将仲[56]，无时见子充[57]。

赠遗传陌上[58]，期送说桑中[59]。
四叶裁新袖，三花剪细鬃[60]。
笑言知宴宴[61]，弃置叹邛邛[62]。
鹦鹉声犹唤[63]，鸳鸯梦少通。
夜将愁共永，春与意俱融。
写恨盈千叠[64]，思君不再逢。
挑灯增懊恼[65]，依枕即惺忪。
镜听何曾吉[66]，瓢占并是凶[67]。
凄凉怜永夜[68]，寂寞类深宫。
独寤悲青女[69]，烧香问碧翁[70]。
合欢虚旧绣[71]，连理悔重缝[72]。
薄命嗟秋扇[73]，伤心泣曙钟[74]。
代题闺里怨，未觉锦囊空[75]。

【笺注】

①李昌谷：李贺，字长吉，郡望陇西，唐代著名诗人。家居河南福昌，今河南宜阳之昌谷，又称“李昌谷”。恼公诗：唐李贺所作《恼公》诗，以浓词丽笔写冶游情事。“恼公”犹言扰乱我心曲。此诗用意注家说法不一，王琦谓“盖狭斜游戏之作”。后多用以指代冶游艳词。

②洞户：门户。层层：一层又一层。

③雕阑：雕花彩饰的栏杆，华美的栏杆。

④绮石：美石。芳丛：丛生的繁花。

⑤蛾眉：蚕蛾之须，曲而细长，喻女人眉毛。点黛：古时女子用黑青色颜料画眉，称“点黛”。南朝梁王叔英妇《赠答》：“妆铅点黛拂轻红，鸣环动佩出房栊。”

⑥柳带：柳条。因其细长如带，故称。五代牛希济《临江仙》：“柳带摇风汉水滨，平芜两岸争匀。”

⑦蕉筒：香蕉长于树上形成一串，状如筒，故称。这里喻称酒杯。清李符《八归》：“把蕉筒检点，明朝还期载尊酒。”

⑧湘芷：生于湘水岸的芳草，用作女人香粉。

⑨水荭（hóng）：一年生草本水草。全株有毛，叶子阔卵形，花红色或白色，可观赏，花果可入药。唐李贺《湖中曲》：“长眉越沙采兰若，桂叶水荭春漠漠。”

⑩灵栗：宋金盈之《醉翁谈录》卷三：“公主出降，宅于广化里……神丝绣被绣三千鸳鸯，间以奇花异果，其精巧华丽无比。其上络以灵栗之珠，如栗粒，五色辉映。”

⑪紫茸：紫色细茸，鸟兽之绒毛。

⑫昼眠：白昼睡眠，午睡。

⑬罗袜：丝罗制的袜。

⑭仙裾：衣袖之美称。南朝齐王融《谢敕赐御裘等启》：“云衣降授，仙裾曲委……昔汉帝解裘，不独前宠；曹王褫带，复降今恩。”

⑮搴（qiān）：拔取，采取。芍药：《诗经·郑风·溱洧》：“维士与女，伊其相谑，赠之以勺药。”勺药，香草也。笺云：其别，则送女以勺药，结恩情也。

⑯擘（bò）：分开，剖裂。砑（yà）：碾磨物体，使紧密光亮。

⑰媚花：娇媚如花。蔓鹤：发簪上缀饰以小鹤形的物件。

⑱荷峰：犹莲蓬。

⑲波：目光流转；流转的目光。《楚辞·招魂》："娭光眇视，目曾波些。"先注：先注以情思，即眼波含情。

⑳徉（yáng）：假装，通"佯"。蒙：萌生，通"萌"。《易·序卦》："物生必蒙，故受之以蒙。"

㉑投梭：即"投梭折齿"。《晋书·谢鲲传》："邻家高氏女有美色，鲲尝挑之，女投梭，折其两齿。"后以此为女子拒绝调戏的典故。北里：唐长安平康里位于城北，为妓院所在地，后用以泛称娼妓聚居之地。

㉒抱布：《诗·卫风·氓》："氓之蚩蚩，抱布贸丝。匪来贸丝，来即我谋。"后因以此指自媒。南賨（cóng）：称四川、湖南等地的少数民族。《晋书·李特传》："巴人呼赋为賨，因谓之賨人焉。"

㉓华烛：旧时结婚所用的画有彩饰的蜡烛。青凤：鸟名。传说中的五色凤之一。据《禽经》，凤有青凤、赤凤、黄凤、白凤、紫凤五色。这里指烛上饰有青凤之图案。

㉔文茵：车中的虎皮坐褥。《诗·秦风·小戎》："文茵畅毂，驾我骐馵。"毛传："文茵，虎皮也。"绿熊：绿熊席。《西京杂记》卷一："赵飞燕女弟居昭阳殿……绿熊席，席毛长二尺余，人眠而拥毛自蔽，望之不能见，坐则没膝其中。杂熏诸香。一坐此席，余香百日不歇。"明邓氏《金陵九思》之九："美人赠我紫英裙，何以报之绿熊茵。"

㉕荑样手：指手如柔荑。形容女子的手像柔嫩的白茅一样。《诗经·卫风·硕人》："手如柔荑，肤如凝脂。"

㉖讵：岂，怎。行雨：比喻美女。《文选·宋玉〈高唐赋序〉》："玉曰：昔者先王尝游高唐，怠而昼寝，梦见一妇人，曰：'妾巫山之女也，为高唐之客。闻君游高唐，愿荐枕席。'王因幸之。去而辞曰：'妾在巫山之阳，高山之阻。旦为朝云，

暮为行雨；朝朝暮暮，阳台之下。'" 李善注："朝云行雨，神女之美也。"后因之喻为男女幽合。

㉗洛浦：洛水之滨。三国魏曹植《洛神赋序》："黄初三年，余朝京师，还济洛川。古人有言，斯水之神，名曰宓妃。感宋玉对楚王神女之事，遂作斯赋。"

㉘崆峒：山名，相传是黄帝问道于广成子之所，指仙山。《庄子·在宥》："黄帝立为天子，十九年，令行天下，闻广成子在于空同之上，故往见之。"

㉙巫山：山名，后因战国宋玉《高唐赋》序中所叙，用为男女幽会的代称。

㉚石窌（jiào）：古邑名，春秋齐地，在今山东省长清县东南。《左传·成公二年》："齐侯以为有礼。既而问之，辟司徒之妻也，予之石窌。"后用以泛指封地。

㉛比翼：喻夫妇相伴不离。《晋书·后妃传上·左贵嫔》："惟帝与后，契阔在昔。比翼白屋，双飞紫阁。"

㉜骤：突然。乘龙：《艺文类聚》卷四十引《楚国先贤传》："孙隽，字文英，与李元礼俱娶太尉桓焉女，时人谓桓叔元两女俱乘龙，言得婿如龙也。"后因以"乘龙"喻佳婿。

㉝续续：连续不绝。箭：漏箭，漏壶的部件。

㉞丁丁：象声词。原指伐木声。《诗·小雅·伐木》："伐木丁丁，鸟鸣嘤嘤。"毛传："丁丁，伐木声也。"此处用来形容漏声。铜：漏器的吐水龙头，借指漏壶。

㉟汉渚：银河。宋晏几道《鹧鸪天》词之三："行人莫便销魂去，汉渚星桥尚有期。"

㊱咸池：日入之地。旭日：初升的太阳。

㊲霞光：太阳初升时从云层中透射出来的日光。绮縠：绫绸绉纱之类。丝织品的总称。

㊳青葱：翠绿色。唐韦应物《游溪》：“缘源不可极，远树但青葱。”

㊴喜气：欢乐的气氛。胶投漆：比喻情投意合。语出《古诗十九首·客从远方来》：“以胶投漆中，谁能别离此。”

㊵离情泪：犹血泪。枫叶为红色，故曰血泪把枫叶都染红了。

㊶王昌联井舍，宋玉隔墙墉：唐代女诗人鱼玄机的《赠邻女》：“自能窥宋玉，何必恨王昌。”唐李商隐《楚宫》：“谁与王昌报消息，尽知三十六鸳鸯。”王昌，魏晋时人，冯浩《玉溪生诗笺注》引《襄阳耆旧传》：“王昌，字公伯，为东平相散骑常侍，早卒。”又引《钱希言桐薪》：“意其人，自为贵戚，则姿仪儁美，为世所共赏共和。”宋玉，战国楚辞赋家。邻家有美女倾心于他，三年常爬墙头偷窥。但宋玉从未动心。先秦宋玉《登徒子好色赋》：“然此女登墙窥臣三年，至今未许也。”

㊷浥（yì）：湿，湿润。《诗·召南·行露》：“厌浥行露，岂不夙夜？谓行多露。”毛传：“厌浥，湿意也。”

㊸襛（nóng）：花木茂盛浓密。《诗·召南·何彼襛矣》：“何彼襛矣，唐棣之华。”朱熹集传：“襛，盛也。”

㊹异香专寄寿：用“韩寿偷香”之典。《世说新语·惑溺》：“韩寿美姿容，贾充辟以为掾。充每聚会，贾女于青琐中看，见寿，说之，恒怀存想，发于吟咏。后婢往寿家，具述如此，并言女光丽。寿闻之心动，遂请婢潜修音问。及期往宿。寿跷捷绝人，逾墙而入，家中莫知。自是充觉女盛自拂拭，说畅有异于常。后会诸吏，闻寿有奇香之气，是外国所贡，一着人则历月不歇。充计武帝唯赐己及陈骞，余家无此香，疑寿与女通，而垣墙重密，门閤急峻，何由得尔？乃托言

有盗，令人修墙。使反，曰：‘其余无异，唯东北角如有人迹，而墙高非人所逾。’充乃取女左右婢考问。即以状对。充秘之，以女妻寿。”后比喻男女暗中偷情。

㊺射鸟莫过冯：按明冯梦龙《情史》卷十七“飞燕合德”记载：“赵后飞燕，父冯万金。祖大力，工理乐器，事江都王协律舍人……飞燕通邻羽林射鸟者，飞燕贫，与合德共被，夜雪期射鸟者于舍旁。飞燕露立，闭息顺气，体温舒亡疹粟。射鸟者异之，以为神仙。”赵飞燕（宜主）与女弟合德而生，因父私通赵主皆冒姓赵，实则姓冯。

㊻鸾影：比喻女子身影。唐顾况《晋公魏国夫人柳氏挽歌》：“鱼轩海上遥，鸾影月中销。”秦镜：传说秦始皇有一方镜，能照见人心的善恶。《西京杂记》卷三：“高祖初入咸阳宫，周行库府……有方镜，广四尺，高五尺九寸。表里有明，人直来照之，影则倒见；以手扪心而来，则见肠胃五脏，历然无硋；人有疾病在内，掩心而照之，则知病之所在。又女子有邪心，则胆张心动。秦始皇常以照宫人，胆张心动者则杀之。”

㊼鹍（kūn）弦：琵琶弦，用鹍鸡筋加工制成，淡金色，光润晶莹，极坚韧，余音清脆。唐段安节《乐府杂录》：“开元中，梨园则有骆供奉、贺怀智、雷清。其乐器，或以石为槽，鹍鸡筋作弦，用铁拨弹之。”蜀桐：蜀中的桐木，代称以此种木材所制的乐器。《水经注·渐江水》引南朝宋刘敬叔《异苑》：“晋武时吴郡临平岸崩，出一石鼓，打之无声，以问张华。华曰：‘可取蜀中桐材，刻作鱼形，扣之则鸣矣。’于是如言，声闻数十里。”

㊽白头吟：乐府楚调曲名。《西京杂记》卷三：“相如将聘茂陵人女为妾，卓文君作《白头吟》以自绝，相如乃止。”黄耳信：黄犬为主人往返传书，后比喻传递家书。《晋书·陆

机传》："初机有俊犬，名曰黄耳，甚爱之。既而羁寓京师，久无家问，笑语犬曰：'我家绝无书信，汝能赍书取消息不。'犬摇尾作声。机乃为书以竹筒盛之而系其颈，犬寻路南走，遂至其家，得报还洛。"其后用以为常。

㊾栊：窗户。

㊿瑶瑟：玉镶的华美的瑟。唐温庭筠曾作《瑶瑟怨》，写贵族妇女的孤寂冷清境况，暗含幽怨之情。

51翩秋蒂：《文选》卷四十南朝齐谢朓《拜中军记室辞隋王笺》："邈若坠雨，翩似秋蒂。"翩，飞。蒂，花和瓜果跟枝茎相连的部分。晋郭璞《游仙诗》："在世无千月，命如秋叶蒂。"

52励：劝勉，鼓励。晚菘：秋末冬初的蔬菜，岁晚而不凋零。《南史·周颙传》："文德太子问颙菜食何味最胜。曰：'春初早韭，秋末晚菘。'"

53傅婢：侍婢。颜师古注《汉书·王吉传》："凡言傅婢者，谓傅相其衣服衽席之事。一说，傅曰附，谓近幸也。"

54买卜：请人占卜问吉凶。驺僮：驺仆，驾驭车马的仆役。

55玉骢：即玉花骢，指骏马。这里和金鲤一起都喻移情的男子。

56将仲：典出《诗经·国风·将仲子》，作品写一位热恋中的少女思念心上人。这里代指不可能触及的男子。

57子充：人名，郑国的美男子，亦以谓美好的人。《诗·郑风·山有扶苏》："不见子充，乃见狡童。"毛传："子充，良人也。"

58赠遗：指赠送的财物。陌上：田间。宋苏轼《陌上花三首·引》："游九仙山，闻里中儿歌《陌上花》。父老云：吴越王妃每岁必归临安，王以书遗妃曰：‘陌上花开，可缓缓归矣。’吴人用其语为歌，含思婉转，听之凄然，而其词鄙野。”

㊾桑中：桑树林里。朱熹集传：“桑中、上宫淇上，又沬乡之中小地名也……卫俗淫乱，世族在位，相窃妻妾。故此人自言将采唐于沬，而与其所思之人相期会迎送如此也。”后因此亦指私奔幽会之处。

㊿三花：三瓣，三片。唐白居易《和春深诗》：“凤书裁五色，马鬣剪三花。”

(61)笑言：又说又笑。宴宴：安闲逸乐貌。颜师古注：“《小雅·北山》之诗也。宴宴，安息之貌也。”

(62)弃置：抛弃，扔在一边。邛邛（qióng）：邛邛和岠虚，传说中肩并依存的兽名，似马而色青。《逸周书·王会》：“独鹿邛邛距虚善走也。”孔晁注：“独鹿，西方之戎也。邛邛，兽，似距虚，负厥而走也。”《尔雅·释地》：“西方有比肩兽焉，与邛邛岠虚比，为邛邛岠虚啮甘草。即有难，邛邛岠虚负而走。其名谓之蟨。”

(63)鹦鹉声犹唤：鹦鹉会学人说话。这里指屋中人曾经说的话，鹦鹉还能时时说出来。

(64)千叠：犹千重。

(65)挑灯：拨动灯火，点灯，指在灯下。唐岑参《邯郸客舍歌》：“邯郸女儿夜沽酒，对客挑灯夸数钱。”

(66)镜听：占卜法之一。于除夕或岁首，怀镜胸前，出门听人言，以占吉凶休咎。唐王建《镜听词》：“重重摩挲嫁时镜，夫婿远行凭镜听。”

(67)瓢占：占卜方法。

(68)永夜：长夜。

(69)青女：传说中掌管霜雪的女神，喻指白发。《淮南子·

天文训》："至秋三月……青女乃出，以降霜雪。"高诱注："青女，天神，青霄玉女，主霜雪也。"

⑦⓪碧翁：即"碧翁翁"，犹天公。宋陶谷《清异录·天文》："晋出帝不善诗，时为俳谐语，咏天诗曰：'高平上监碧翁翁。'"

⑦①合欢：植物名。落叶乔木，羽状复叶，小叶对生，夜间成对相合，故俗称"夜合花"。

⑦②连理：异根草木，枝干连生。旧以为吉祥之兆，又喻结为夫妇或男女欢爱。此指连理枝的花样。

⑦③秋扇：比喻妇女年老色衰而见弃。南朝梁刘孝绰《班婕妤怨》："妾身似秋扇，君恩绝履綦。"

⑦④曙钟：拂晓的钟声。南朝梁庾肩吾《咏蔬圃堂》："风长曙钟近，地迥洛城遥。"

⑦⑤锦囊：用绸缎、帛等做的袋子，用来装信函、诗稿。宋计有功《唐诗纪事》卷四十三载李商隐作李贺小传云，"常从小奚奴，骑距驴，背一古破锦囊，遇有所得，即书投囊中。及暮归，太夫人使婢取受囊出之，见所书多"，辄曰："是儿要当呕出心乃已耳。"未觉锦囊空，言又增好的诗作。

玉泉十二韵[1]

地涌西山脉，名㶏禁腼泉[2]。
百层飞作雨[3]，万顷汇成渊。
润下终归海[4]，源高却自天。
萦烟来树杪[5]，带雪落云边。
隐见瑶光曳[5]，琤瑽佩响传[7]。
红栏桥宛转，乌榜棹洄沿[8]。
星汉随湾泻[9]，楼台倒影鲜。
蛟龙蟠翠岛，雁鹜起琼田[10]。
镜面晶荧合[11]，珠痕荡漾圆[12]。
翠流初放荇[13]，娇拥半开莲。
睿赏悬孤鉴[14]，余波溢九璇[15]。
那居真有庆，鱼藻在诗篇[16]。

【笺注】

①玉泉：北京玉泉山，康熙时静明园即建于此“玉泉垂虹”为燕京八景之一。

②禁籞（yù）：犹宫禁。

③百层：重重叠叠，极言其高。《文选·张衡〈西京赋〉》："神明崛其特起，井干叠而百增。"李善注引《广雅》："增，重也。"

④润下：谓水性就下以滋润万物。《书·洪范》："水曰润下，火曰炎上。"孔传："言其自然之常性。"

⑤树杪：树梢。

⑥瑶光：北斗星第七星名，象征祥瑞。《淮南子·本经训》："瑶光者，资粮万物者也。"高诱注："瑶光，谓北斗杓第七星也。"这里指美玉之光泽。

⑦琤（chēng）瑽（cōng）：象声词，玉佩彼此碰撞之声。

⑧乌榜：用黑油涂饰的船。榜，船桨。借指船。唐韩翃《送冷朝阳还上元》："落日澄江乌榜外，秋风疏柳白门前。"洄沿：谓逆流而上与顺流而下。

⑨星汉：天河，银河。三国魏曹操《步出夏门行》："日月之行，若出其中；星汉粲烂，若出其里。"

⑩琼田：形容莹洁如玉的江湖、田野。南朝陈张正见《咏雪应衡阳王教》："九冬飘远雪，六出表丰年。睢阳生玉树，云梦起琼田。"

⑪晶荧：明亮闪光。唐徐晦《海上生明月赋》："晶莹激射，当三五二八之期。"

⑫荡漾：浮动，浮现。

⑬翠流：青绿的颜色在流动，形容色彩鲜艳。荇（xìng）：多年生水生草本植物，叶呈对生圆形，嫩时可食，亦可入药。《诗·周南·关雎》："参差荇菜，左右流之。"

⑭睿赏：圣明的鉴赏。

⑮九璇：言美玉众多，形容水光波纹。

⑯那居真有庆，鱼藻在诗篇：《诗·小雅·鱼藻》："鱼在在藻，依于其蒲。王在在镐，有那其居。"。那，安貌。天下平安，王无四方之虞，故其居处那然安也。

卷五 诗四

五言绝句

雪中和友

哀雁兼邻杵[1]，共君寒夜心。

窗前吹宿火[2]，朔雪满空林[3]。

【笺注】

①杵（chǔ）：舂捣谷物、药物及筑土、捣衣等用的棒槌。《易·系辞下》："断木为杵，掘地为臼。"邻杵：指邻近的捣衣声，多用以烘托旅人寒夜的寂寞。唐韩翃《酬程近秋夜即事见赠》："星河秋一雁，砧杵夜千家。"

②宿火：隔夜未熄的火。

③朔雪：北方的大雪。南朝宋鲍照《学刘公干体诗》："胡风吹朔雪，千里度龙山。"空林：木叶落尽的树林。

又

竹坞寂无人①，雪深山路涩②。

涧底响层冰，居人自朝汲③。

【笺注】

①竹坞：竹舍，竹楼。

②涩：因冰雪儿不通畅。唐杜頠《从军行》：“万里云沙涨，路平冰霰涩。”

③汲（jí）：这里指从涧底取水。

又

白屋无人事[1]，况逢春雪余。
山中问梅芷[2]，频寄一行书。

【笺注】

①白屋：指不施采色、露出本材的房屋；亦指以白茅覆盖的房屋。为古代平民所居。《汉书·王莽传上》："开门延士，下及白屋。"颜师古注："白屋，谓庶人以白茅覆屋者也。"

②芷：香草名，即白芷。多年生草本植物。夏天开白色小花，果实椭圆形。

秋　意

苑云衔日去[1]，疏雨欲来时。
忽见小庭中，草花三两枝。

【笺注】

①苑（yù）：积聚，郁积。《礼记·礼运》：“故事大积焉不苑。”郑玄注：“苑，积也。”苑云，犹积云。明李东明《春兴八首》之六：“宫树巧藏莺百啭，苑云深护月千重。”

又

凉风昨夜至，枕簟已瑟瑟[①]。
小女笑吹灯，床头捉蟋蟀。

【笺注】

①枕簟：枕席，泛指卧具。《礼记·内则》：“敛枕簟，洒扫室堂及庭，布席，各从其事。”瑟瑟：萧索寂寥的样子。

又

雨声池馆秋[①]，漠漠横塘水[②]。
水鸟故窥人，飞入荷花里。

【笺注】

①池馆：池苑馆舍。

②漠漠：广阔。唐王维《积雨辋川庄作》：“漠漠水田飞白鹭，阴阴夏木啭黄鹂。”横塘：泛指水塘。

题赵松雪《水村图》[1]

北苑古神品[2]，斯图得其秀。
为问鸥波亭[3]，烟水无恙否。

【笺注】

①赵松雪《水村图》：手卷，纸本，墨笔。画中，赵孟頫描绘松江分湖一带“远山近山云漠漠，前村后村水重重”的景色。据朱彝尊《曝书亭集》载，康熙乙丑三月，纳兰携图嘱朱彝尊题签，“留匝数月，卷还。未几，容若奄逝，真迹不复可观”。姜宸英诗云：“通志堂前前日见，生绡一幅似桃园。不知神物归何处，留得青衫旧酒痕。”并注：“曾见松雪公《水村图》，主人零落，此图遂不多问矣，或云已入秘府。”王士禛《居易录》：“予一日入朝待漏，偶与陈说岩（廷敬）大司空谈及，云曾于大内见松雪真迹，后有元人题跋甚多，盖即姜所云。”此图于“康熙二十五年归于大内”。（陈廷敬《午亭文编》卷十四《水村图二首自序》）

②北苑：指南唐画家董源。董源曾官北苑使，世称董北苑。宋沈括《梦溪笔谈·书画》：“江南中主时，有北苑使董源善画，尤工秋岚远景，多写江南真山，不为奇峭之笔。”

③鸥波亭：是亭建于赵孟頫湖州别业莲花庄内。

题胡瑰《射雁图》

人马一时静，只听哀雁音。

塞垣无事日[①]，聊欲耗雄心。

【笺注】

①塞垣：本指汉代为抵御鲜卑所设的边塞，后指长城，边关城墙。亦泛指北方边境地带。五代前蜀韦庄《送人游并汾》："风雨萧萧欲暮秋，独携孤剑塞垣游。"

七言绝句

西苑杂咏和荪友韵[1]

宫花半落雨初停[2]，早是新炎撤画屏[3]。
何必醴泉堪避暑[4]，藕丝风好水西亭[5]。

【笺注】

①西苑杂咏和荪友韵：康熙二十年（1681）六月，严绳荪有“西苑侍直诗”二十首，纳兰以下杂咏即和此作。

②宫花：皇宫庭苑中的花朵。

③画屏：有画饰的屏风。南朝梁江淹《空青赋》：“亦有曲帐画屏，素女彩扇。”

④醴泉：唐太宗在九成宫（今陕西宝鸡麟游）避暑时掘地成井，泉水清若镜，味甘如醴，因此命名“醴泉”，后魏征撰文，欧阳询书写成《九成宫醴泉铭》，勒石立碑以纪。

⑤藕丝风：形容风雨细如丝。

又

离宫近绕绿苹洲[①]，冰簟银床到处幽[②]。
好是万几清暇日[③]，亲持玉勒奉宸游[④]。

【笺注】

①离宫：泛指皇帝出巡时的住所，这里指西苑。

②冰簟：凉席。唐李商隐《可叹》：“冰簟且眠金镂枕，琼筵不醉玉交杯。”银床：井栏，或指辘轳架。南朝梁庾肩吾《九日侍宴乐游苑应令》：“玉醴吹岩菊，银床落井桐。”

③好是：恰是，万几：《尚书·皋陶谟》：“无教逸欲有邦，兢兢业业，一日二日万几。”孔传：“不为逸豫贪欲之教，是有国者之常。”后以“万几”指帝王处理日常纷繁的政务。清暇：清静安闲，亦指清闲之时。

④玉勒：玉饰的马衔。北周庾信《三月三日华林园马射赋》：“控玉勒而摇星，跨金鞍而动月。”此指胯下骏马。宸游：帝王之巡游。

又

太液东头散直迟[1]，一双水鸟掠杨枝[2]。
从臣献罢平滇颂[3]，坐听中涓报午时[4]。

【笺注】

①太液：古池名。元、明、清太液池即今北京故宫西华门外的北海、中海、南海三海。元时名西华潭。清称太液池。南北四里，东西二百余步，池上跨长桥，旧有石牌坊，东西对峙，东曰玉蝀，西曰金鳌。桥北称北海，桥南称中海，其中瀛台以南称南海。上源自玉泉山合西北诸水，由地安门水门流入。散直：侍从之官。犹言值班结束。

②杨枝：杨柳的枝条。

③从臣：随从之臣下，侍从之臣。平滇颂：康熙二十一年（1682）二月平滇。清陈维崧《平滇颂》："此则普天率土，感切同雠，负气含灵，无非共愤。"毛奇龄亦有一篇《平滇颂》。

④中涓：古代君主亲近的侍从官。《墨子·号令》："谒者，执盾、中涓及妇人侍前者。"岑仲勉注："谒者、执盾、中涓均侍从名称。"《汉书·曹参传》："高祖为沛公也，参以中涓从。"颜师古注："涓，絜也，言其在内主知絜清洒埽之事，盖亲近左右也。"泛指君主的左右亲信。

又

进来瓜果每承恩[1]，豹尾前头拜至尊[2]。

正是日斜花雨散[3]，传呼声在望春门[4]。

【笺注】

①承恩：蒙受恩泽。唐岑参《送张献心充副使归河西杂句》："前日承恩白虎殿，归来见者谁不羡。"

②豹尾：豹尾车，天子属车。至尊：最尊贵，最崇高。《荀子·正论》："天子者埶位至尊，无敌于天下。"后为皇帝的代称。

③日斜：太阳西斜的傍晚时。花雨：落花如雨，形容彩花纷飞。

④传呼：传唤。望春门：故宫紫禁城的一个宫门。

又

慢展轻罗一色裁，璅窗深映拂云槐①。

重帘那得微风入②，叶叶荷声急雨来。

【笺注】

①璅（suǒ）：同“琐”。琐窗，雕刻或绘有连环形花纹之窗。拂云：触到云，极言其高。

②重帘：一层层帘幕。那得：怎得，怎会。

又

黄幄临池白鸟飞[1]，金盘初进鲙鱼肥。
太平时节多欢赏[2]，丝络雕鞍半醉归[3]。

【笺注】

①黄幄（wò）：黄色的帐幕，天子所用。

②欢赏：欢畅。

③丝络：丝线制成的网状装饰物。雕鞍：刻饰花纹的马鞍，华美的马鞍。唐骆宾王《帝京篇》：“宝盖雕鞍金络马，兰窗绣柱玉盘龙。”此代指官员。

又

射生才罢晚开筵[1]，十部笙笳动暝烟[2]。
月上南湖波似练[3]，几星灯火是龙船[4]。

【笺注】

①射生：射猎禽兽。明李攀龙《观猎》：“臂上角弓如月，当场意气射生来。”筵：酒席。

②暝烟：傍晚的烟霭。

③月上南湖波似练：指月色下的睡眠波光像洁白的丝绸。练，煮熟生丝或生丝织品，使之柔软洁白。

④龙船：天子所乘之船。

又

青丝蜀锦护银塘①，谁许延秋报早凉②？
缥缈蓬山应似此③，不知何处白云乡④。

【笺注】

①青丝：指垂柳的柔枝或其他植物的藤蔓。蜀锦：即蜀葵花，多年生草本植物，花期6月至8月，花多红色。银塘：清澈明净的池塘。南朝梁简文帝《和武帝宴诗》之一：“银塘泻清渭，铜沟引直漪。”

②蓬山：蓬莱山。相传为仙人海上所居之处。

③白云乡：《庄子·天地》：“乘彼白云，游于帝乡。”后因以“白云为仙乡”。旧题汉伶玄《飞燕外传》：“吾老是乡矣，不能效武皇帝（汉武帝）求白云乡也。”

又

才翻急雨暗金河[①]，曲罢催呈杂技多。

一自花竿身手绝，那将妙舞说阳阿[②]。

【笺注】

①翻：演奏弹唱。唐白居易《代琵琶弟子谢女师曹供奉寄新调弄谱》："一纸展看非旧谱，四弦翻出是新声。"急雨：形容乐声的豪壮。唐白居易《琵琶行》："大弦嘈嘈如急雨，小弦切切如私语。"金河：河名，今大黑河。唐置金河县，属单于大都护府辖。代指边塞。唐上官仪《王昭君》："玉关春色晚，金河路几千。"这里指边塞音乐。

②阳阿：古之名倡阳阿善舞，后因以称舞名。《淮南子·俶真训》："足蹀阳阿之舞，而手会《绿水》之趋。"高诱注："阳阿，古之名倡也。《绿水》，舞曲也。"

又

玉映窗扉静不开，藕花深处绝尘埃[1]。

三更露坐清无暑[2]，共待蕉园彩鹢回[3]。

【笺注】

①藕花：荷花。

②露坐：露天在屋外坐着。晋嵇含《诗序》：“天热露坐，有顷雨降。”

③蕉园：园名，即芭蕉园。在燕京（今北京）太液池东。清赵翼《顾晴沙于惠山立诗冢为赋》：“既非青史蕉园焚，敢托黄册后湖闭。”彩鹢：古代常在船头上画鹢，着以彩色，因亦借指船。

又

香引轻飙散玉除[1]，下帘声彻退朝初。

马曹此日承恩数[2]，也逐清班许钓鱼[3]。

【笺注】

①玉除：玉阶，用玉石砌成或装饰的台阶，这里用作宫殿石阶的美称。

②马曹：管马的官署，多用以指闲散的官职或卑微的小官。

③清班：清贵的官班，多指文学侍从一类臣子。

又

烟柳千行宿鸟多①，虹梁曲曲水萤过②。
新凉却爱中元节③，万点荷灯散玉河④。

【笺注】

①宿鸟：归巢栖息的鸟。

②虹梁：拱桥如虹，故名。水萤：这里指河灯。

③新凉：指初秋凉爽的天气中元：指农历七月十五日，旧时道观于此日作斋醮，僧寺作盂兰盆会，民俗亦有祭祀亡故亲人等活动。唐韩鄂《岁华纪丽·中元》："道门宝盖，献在中元。释氏兰盆，盛于此日。"

④荷灯：中元节，民间祭祀会于河中放荷花灯，悼念逝去的亲人。玉河：清澈如玉的河水。

又

夜深帘幕卷银泥①，十二楼高望欲迷②。
莲漏滴残闻动锁③，一钩斜月碧河西。

【笺注】

①银泥：一种用银粉调成的颜料，用以涂饰衣物和面部。借指银泥涂饰的衣裙。唐李贺《月漉漉篇》：“挽菱隔歌袖，绿刺罥银泥。”宋蔡柟《鹧鸪天》：“病少酒厌厌与睡宜，珠帘罗幕卷银泥。”

②十二楼：指神话传说中的仙人居处。后泛指高层的楼阁。唐王昌龄《放歌行》：“南渡洛阳津，西望十二楼。明堂坐天子，月朔朝诸侯。”

③莲漏：即莲花漏，古代的一种计时器。

又

轻云欲傍最高楼，重露看垂白玉旒[①]。
处处红芳零落尽，众香国里不曾秋[②]。

【笺注】

①旒（liú）：旌旗下边悬垂的饰物。《诗·商颂·长发》：“受小球大球，为下国缀旒。”郑玄笺：“旒，旌旗之垂者也。”

②众香国：《维摩诘所说经》：“有国名众香，佛号香积。今现在，其国香气，比于十方诸佛世界人天之香，最为第一。”人间有残红飘落，唯有佛境恒常。

又

时攀御柳拂华簪[①]，水槛行开玉一函[②]。
几日乌龙江上去[③]，回看北斗是天南。

【笺注】

①御柳：宫禁中的柳树。华簪：华贵的冠簪。古人用簪把冠连缀在头发上。华簪为贵官所用，故常用以指显贵的官职。

②水槛：临水的栏杆。唐白居易《题元十八溪居》："溪岚漠漠树重重，水槛山窗次第逢。"

③乌龙江：这里代指东北地区。《清史稿·圣祖本纪二》卷七：二十一年二月癸巳，上东巡，启銮。三月辛酉，望祭长白山。乙亥，泛舟松花江。

又

玲珑朱阁拟三山①，上驷门依御柳间②。

倦听月中歌吹杳③，晨凫秣罢夜分还④。

【笺注】

①玲珑：精巧貌。朱阁：红色的楼阁。

②上驷：即上驷院。清代御马监，凡皇帝、后妃、皇子等出入，上驷院皆供备马匹。

③倦听：厌于听闻。

④晨凫：指野鸭。汉刘向《说苑·奉使》：“俟嗜晨凫，好北犬。”《文选·左思〈蜀都赋〉》：“晨凫旦至，候雁御芦。”刘逵注：“晨凫，常以晨飞也。”秣（mò）：喂养。

又

制胜由来仗德威[1]，夜郎何物敢轻违[2]？

河清欲颂惭才尽[3]，空羡儒臣赐宴归[4]。

【笺注】

①制胜：以制服对方来取得胜利。由来：自始以来，历来。德威：谓以德行威。《书·吕刑》："德威惟畏。"孔颖达疏："以德行其威罚，则民畏之而不敢为非。"

②夜郎：古国名，汉西南一小国。滇王不知汉有多广大，与汉使言："汉孰与我大?"及夜郎侯亦然，各自以一州王。建元六年（前135），汉武帝遣唐蒙入夜郎，招抚多同。元鼎五年（前112）。武帝征南越，因夜郎不听调遣，于翌年发兵平定西南夷之大半，在其地方设县。同时，暂存夜郎国名，以王爵授夜郎王。

③河清：河水变清，多指黄河水清。黄河水浊，少有清时，古人以"河清"为升平祥瑞的象征。《文选·张衡〈归田赋〉》："徒临川以羡鱼，俟河清乎未期。"吕延济注："河清喻明时。"

④儒臣：泛指读书人出身的或有学问的大臣。赐宴：君命臣下共宴。

又

讲帷迟日记花砖[1]，下直归来一惘然[2]。
有梦不离香案侧[3]，侍臣那得日高眠[4]。

【笺注】

①讲帷：指天子、太子听讲官进讲之处。帷，指宫室的帷幕。迟日：日子久了。

②下直：在宫中当直结束，下班。《宋书·殷淳传》："淳居黄门为清切，下直应留下省，以父老，特听还家。"

③香案：这里指皇帝御案，御案焚香，故称。

④侍臣：侍奉帝王的廷臣。日高眠：高枕安眠，指闲居。

又

不须惆怅忆江湖，身入金门待漏图[1]。

中使擎来仙掌露[2]，莼羹风味得如无[3]？

【笺注】

①金门：金马门的简称。汉武帝得到大宛良马，命人铸铜马立于鲁班门外，因此叫金马门。《史记·滑稽列传》："金马门者，宦署门也。"身入金门，谓身居朝廷为官。漏，指铜壶滴漏，古代计时器。"待漏"，是指待到出班早朝。

②中使：宫中派出的使者，多指宦官。《后汉书·宦者传·张让》："凡诏所征求，皆令西园驺密约敕，号曰'中使'。"擎：满怀敬意地向上托举。仙掌：《汉书》卷二十五上《郊祀志上》："其后又作柏梁、铜柱、承露仙人掌之属矣。"三国魏苏林注："仙人以手掌擎盘承甘露。"唐颜师古注："《三辅故事》云：建章宫承露盘高二十丈，大七围，以铜为之，上有仙人掌承露，和玉屑饮之。盖张衡西京赋所云'立修茎之仙掌，承云表之清露，屑琼蕊以朝餐，必性命之可度'也。"

③莼（chún）羹：用莼菜烹制的羹，味鲜美。宋辛弃疾《六么令》："谁怜故山归梦，千里莼羹滑。"

又

花映初阳覆绮寮①，玉珂双引望中遥②。

凭君莫作烟波梦③，曾是烟波梦早朝④。

【笺注】

①初阳：指初春。绮寮（liáo）：雕刻或绘饰得很精美的窗户。《文选·左思〈魏都赋〉》："雷雨窈冥而未半，皦日笼光于绮寮。"吕向注："寮，窗也。"

②玉珂：马络头上的装饰物。多为玉制，也有用贝制的。此处代指马。双引：谓由二人引马。宋制，学士以上有朱衣吏一人引马，至入两府，则朱衣二人引马，故称。宋魏泰《东轩笔录》卷二："旧制，学士以上，并有一人朱衣吏引马，所服带用黄金，而无鱼，至入两府，则朱衣二人引马，谓之双引。"望中：视野之中。

③烟波梦：指避世隐居于江湖的念想。

④早朝：古时君王早晨召见群臣，处理政务。这里指仕进之途。

咏　史

千秋名分绝君臣①，司马编年继获麟②。

莫倚区区周鼎在③，已教俱酒作家人④。

【笺注】

①名分：名位与身份。《庄子·天下》："《易》以道阴阳，《春秋》以道名分。"《资治通鉴》卷一："臣闻天子之职莫大于礼，礼莫大于分，分莫大于名。何谓礼？纪纲是也；何谓分？君臣是也；何谓名？公、侯、卿、大夫也。"

②司马编年：指司马光的编年史书《资治通鉴》。司马光认为"君臣之位犹天地之不可易也"。获麟：指春秋鲁哀公十四年猎获麒麟事。相传孔子作《春秋》至此而辍笔。《春秋·哀公十四年》："春，西狩获麟。"杜预注："麟者仁兽，圣王之嘉瑞也。时无明王出而遇获，仲尼伤周道之不兴，感嘉瑞之无应，故因《鲁春秋》而修中兴之教。绝笔于'获麟'之一句，所感而作，固所以为终也。"

③周鼎：本指周代传国的九鼎。《史记·秦始皇本纪》："始皇还，过彭城，斋戒祷祠，欲出周鼎泗水，使千人没水求之，弗得。"春秋时楚庄王觊觎王位，因伐戎之便而至周境，遂问定王使臣周鼎之大小、轻重。夏商周时鼎为国之重器，为

王权象征。后常以“周鼎”借指国家政权。

④俱酒作家人：俱酒，即晋静公，战国时期晋国的最后一代君主，姬姓，名俱酒。《资治通鉴》记载，周安王二十四年（前378），“晋孝公薨，子靖公俱酒立”。周安王二十六年（前376），“魏、韩、赵共废晋靖公为家人而分治其地”。这里咏叹的是历史上的“三家分晋”之事。家人，平民，平民之家。

又

一死难酬国士知[1]，漆身吞炭只增悲[2]。

英雄定有全身策[3]，狙击君看博浪椎[4]。

【笺注】

①酬：实现志向。国士：一国中才能最优秀的人物。《左传·成公十六年》："皆曰：国士在，且厚，不可当也。"

②漆身吞炭：即吞炭漆身。《战国策·赵策一》载，战国时，豫让受知于智伯。后，韩、赵、魏三家合力攻杀智伯。豫让为报知遇之恩，矢志复仇。于是漆身为厉，吞炭为哑，改变声音形貌，伺机刺杀赵襄子，事败而死。后以为忍辱含垢，矢志复仇的典实。

③英雄：这里指汉谋臣张良。全身：保全自家生命和气节。事见《史记·留侯世家》。

④博浪椎：于博浪沙狙击秦始皇所用的铁椎。《史记·留侯世家》载，张良，祖先五世相韩。秦始皇灭韩，张良散千金家产为韩报仇，在沧海君处得力士，做铁椎重一百二十斤，趁秦始皇东游，狙击秦始皇于博浪沙，结果误中副车。始皇惊，大索十日，弗得。张良逃至下邳，遇黄石公，得《太公兵法》。秦末大乱时，张良率众归刘邦。

又

章武谁修季汉书[①]，建兴名号亦模糊[②]。

笑他典午标凡例[③]，不遣青龙混赤乌[④]。

【笺注】

①章武：三国蜀汉昭烈帝刘备的年号。季汉：即蜀汉，犹言汉之季世。季汉书，书名。共五十六卷，明谢陛撰。书中遵朱子《纲目》义例，尊汉昭烈为正统，自献帝迄少帝为《本纪》三卷，附以诸臣为《内传》。吴、魏之君则别为《世家》，而以其臣为《外传》。复以董卓、袁绍、袁术、公孙瓒、公孙度及吕布、张邈、陶谦诸人为《载记》。凡更事数姓与依附董、袁诸人者为《杂传》。这里的季汉书，当指延熙四年（221）蜀臣杨戏所撰《季汉辅臣赞》，陈寿《三国志》以之附在《蜀书》篇末。《季汉辅臣赞》篇幅不大，有先主刘备，却缺失对后主刘禅的评述。

②建兴：三国蜀汉汉后主刘禅的年号（223—237）。吴主孙亮亦以建兴为年号（252—253）。

③典午："司马"的隐语。《三国志·蜀志·谯周传》："周语次，因书版示立曰：'典午忽兮，月酉没兮。'典午者，谓司马也；月酉者，谓八月也。至八月而文王（司马昭）果

崩。”晋帝姓司马氏，因以“典午”称之（典与司同义，午，生肖为马）。标凡例：这里指陈寿《三国志》把司马氏放在首位。陈寿，字祚，安汉（今四川南充）人，在蜀汉时为观阁令史，入晋后历任著作郎、治书侍御史。晋灭吴后，搜集三国时官私著作，成《三国志》。书以三国并列，亦属创例。但亦有违史书常例处，例如在司马氏未封王之前四十年即称之“宣王”“文王”。另，全书以曹魏为正统，以“纪”称述；蜀、吴则只称“主”，不以“纪”而以“传”；全书六十五卷，《魏书》三十卷，《吴书》二十卷，蜀只有十五卷。

④遣：谴。谴责之意。青龙：三国曹魏明帝曹叡的年号（233—237）。赤乌：三国东吴君主孙权使用的第四个年号（238—251）。

又

诸葛垂名各古今[1]，三分鼎足势浸淫[2]。
蜀龙吴虎真无愧[3]，谁解公休事魏心[4]？

【笺注】

①诸葛：指三国时诸葛瑾、诸葛亮及族弟诸葛诞。三人分别在吴、蜀、魏，皆享有盛名。《三国志》裴注引《吴书》："初，瑾为大将军，而弟亮为蜀丞相，二子恪、融皆典戎马，族弟诞又显名于魏，一门三方为冠盖，天下容之。"

②三分鼎足：按《三国志》记载，除诸葛亮有三分天下之论外，东吴的鲁肃亦有鼎足之论："肃窃料之，汉室不可复兴，曹操不可卒除。为将军计，惟有鼎足江东，以观天下之衅。规模如此，亦子无嫌。"浸淫：逐渐蔓延、扩展。

③蜀龙吴虎：《世说新语·品藻》："诸葛谨、弟亮及从弟诞，并有盛名，各在一国。于时以为蜀得其龙（诸葛亮），吴得其虎（诸葛瑾），魏得其狗（诸葛诞）。"

④公休：诸葛诞的字。事魏心：即忠魏之心。按《三国志·诸葛诞传》记载，诸葛诞初以尚书郎为荥阳令，累迁御史中丞、尚书，后任扬州刺史，加昭武将军，封高平侯。司马氏为篡魏诛杀权臣，诸葛诞广结众心，厚养义士，以求自保，誓为魏臣。后降吴，司马昭分兵围讨，兵败被杀，并夷三族，麾下数百人，不降见斩。

又

汉江高接蜀江流[1]，霖雨漂沉版筑休[2]。
可惜不教樊口下[3]，襄阳仍属魏荆州[4]。

【笺注】

①汉江：即汉水。蜀江：因长江流经蜀江所在的四川地区，故称。

②霖雨：连绵大雨。漂沉：沉埋；淹没。版筑：两种筑土墙的工具。用两版相夹，填泥其中，以杵捣实成墙。后泛指土木营造之事，土墙之类的工事或围墙。《左传·僖公三十年》"朝济而夕设版焉"晋杜预注："朝济河而夕设版筑以距秦。"这里指关羽率军攻曹仁于樊口，曹操派左将军于禁援救。时霖雨十余日，汉水暴溢，于禁等七军皆没，于禁被俘。

③樊口：地名。在湖北鄂城县西北。因当樊港入江之口，故名。

④襄阳仍属魏荆州：襄阳因地处襄水之阳而得名，是兵家必争之地。汉武帝时属荆州刺史部南郡。东汉光武帝时恢复原名，仍属荆州南郡。献帝初平年间，荆州刺史刘表移州治于襄阳城内。建安十三年（208），曹操控制了南郡北部，置襄阳郡。三国曹魏时仍属荆州襄阳郡。关羽围襄阳，打败于禁的援

兵，以舟兵尽虏于禁等步骑三万送江陵，惟城未拔。曹操又和孙权联手，击溃关羽，并斩杀之，遂定荆州。曹操上表孙权为骠骑将军，假节领荆州牧，封南昌侯。

又

痛哭难为入庙身①，谯周本意劝称臣②。
市桥旗帜咸阳战③，不及成家尚有人④。

【笺注】

①痛哭难为入庙身：此句指刘禅第五子、北地王刘谌反对谯周降魏的提议，却被刘禅拒绝，于蜀汉亡国当日在蜀汉宗庙带领全家自尽之事。《三国志·蜀志·后主传》引《汉晋春秋》："后主将从谯周之策，北地王谌怒曰：若理穷力屈，祸败必及，便当父子君臣背城一战，同死社稷，以见先帝可也。后主不纳，遂送玺绶。是日，谌哭于昭烈之庙，先杀妻子，而后自杀，左右无不为涕泣者。"

②谯周：字允南，巴西西充国人，累迁至光禄大夫，位亚九列。景耀六年（263），魏将邓艾率军入蜀，百姓扰扰，群臣会商，又计无所出。有的认为宜可奔吴，有的主张据险自守，宜可奔南。谯周则认为当降魏，"若陛下降魏，魏不裂土以封陛下者，周请身诣京都，以古义争之"。

③咸阳战：秦汉之际项羽率兵入咸阳，大肆烧杀，"所过无不残灭"，所放之火，"三月不灭"。此处指东汉大司马吴汉举兵伐成都，破城烧杀，尽诛于此建都的公孙氏。

④成家：东汉初公孙述起成都，自立为帝，号成家。《后汉书·公孙述传》载，光武遣吴汉、臧宫伐之。公孙述与之力战于成都，最后兵败身死，妻子被诛，族亦遭灭。吴汉屠成都。尚有人：刘禅降曹魏，被封为安乐公，后死于洛阳。

又

卷甲空回丁奉军①，陵江官号已更新②。
若将唇齿论吴蜀③，可有宫门拜表人④？

【笺注】

①卷甲：收起武装。谓撤退或休兵。263年，魏国伐蜀，丁奉率领各支部队进军寿春，做出以攻魏来救援蜀汉的架势。不久，蜀国灭亡，丁奉引军退回。丁奉，三国吴将领，一生征战，与北方政权从曹操时代打到司马炎时代，侍奉孙权到孙皓四位君主，见证了三国的盛衰兴亡。

②陵江官号：这里指陵江将军罗宪。《晋书·罗宪传》："魏之伐蜀，召宇西还，宪守永安城。及成都败，城中扰动，边江长吏皆弃城走，宪斩乱者一人，百姓乃安。知刘禅降，乃率所统临于都亭三日。吴闻蜀败，遣将军盛宪西上，外托救援，内欲袭宪。宪曰：'本朝倾覆，吴为唇齿，不恤我难，而邀其利，吾宁当为降虏乎！'乃归顺。……加陵江将军、监巴东军事、使持节，领武陵太守。"

③唇齿论吴蜀：嘴唇和牙齿互相依靠。比喻双方关系密切，相互依存。晋陈寿《三国志·魏书·鲍勋传》："王师屡征而未有所克者，盖以吴蜀唇齿相依，凭阻山水，有难拔之势

故也。”

④拜表：上奏章。拜表人，这里指华核。《三国志·华核传》：“华核，字永先，吴郡武进人。始为上虞尉、典农都尉，以文学入国府郎，迁中书丞。蜀为魏所并，核诣宫门发表，曰：‘间闻贼众蚁聚向西境，西境艰险，谓当无虞。定闻陆抗表至，成都不守，臣主播越，社稷倾覆。……陛下圣仁，恩泽远抚，卒闻如此，必垂哀悼。臣不胜忡怅之情，谨拜表以闻。’”这里指诸葛亮在北伐之前给后主刘禅所上的《出师表》。言辞恳切，劝说后主要继承先帝遗志，广开言路，赏罚分明，亲贤远佞，复兴汉室，表达了对刘备的知遇之恩及忠君之情。

又

劳苦西南事可哀[①]，也知刘禅本庸才[②]。
永安遗命分明在[③]，谁禁先生自取来？

【笺注】

①劳苦西南：此指诸葛亮在西南地区，不辞辛劳地辅助蜀后主刘禅。

②刘禅本庸才：《三国志·蜀书·后主传》："后主任贤相则为循理之君，惑阉竖则为昏暗之后。"刘禅，字公嗣，小字阿斗，刘备之子，即位初由诸葛亮辅政。亮死，信任宦官黄皓，朝政日益腐败。炎兴元年（263），魏军迫近成都，出降。后迁洛阳，被封为安乐公，"乐不思蜀"。

③永安：即永安宫，宫殿名。三国时刘备所建，故址在今四川省奉节县城内。章武二年（222），蜀汉先主刘备伐吴，在猇亭战败后，驻军白帝城（即今奉节城），建此宫，次年死于此。北魏郦道元《水经注·江水一》："江水又东迳南乡峡，东迳永安宫南，刘备终于此，诸葛亮受遗处也。"遗命：《三国志·蜀书·诸葛亮传》："章武三年春，先主于永安病笃，召亮于成都，属以后事，谓亮曰：'君才十倍曹丕，必能安国，

终定大事。若嗣子可辅，辅之；如其不才，君可自取。’亮涕泣曰：‘臣敢竭股肱之力，效忠贞之节，继之以死。’先主又为诏敕后主曰：‘汝与丞相从事，事之如父。’”

又

名士何曾忘义熙[①]，故将山水托游嬉。
韩亡秦帝浑闲事[②]，谁续临川内史诗[③]？

【笺注】

①名士：此处指东晋诗人、名将谢玄之孙谢灵运。义熙：东晋安帝司马德宗（405—418）期间所使用的年号。东晋安帝义熙元年（405）谢灵运任琅琊大司马行军参军，后任太尉参军、中书侍郎等职。义熙三年（407）改从抚军将军、豫州刺史刘毅任记室参军。义熙八年（413），刘毅反刘裕，兵败自杀，谢灵运返京任秘书丞。义熙十一年（416）转中书侍郎。义熙十四年（419）刘裕在彭城建宋国，谢灵运任宋国黄门侍郎。420 年，刘裕代东晋自立，为宋武帝，谢灵运爵位由公降为侯，任太子左卫率。刘宋王朝始终对他怀有猜忌，于永初三年（422）被权臣排挤出京，任永嘉太守，期间不理政务，纵情山水，“遍历诸县，动逾旬朔”（《宋书·谢灵运传》）。一年后，称病返乡隐居。

②韩亡秦帝：张良先人为韩国相国，秦灭韩，张良倾其家产寻求刺客，后秦始皇东游之时，与刺客在博浪沙击杀秦始皇未遂。浑闲事：犹言寻常事。

③临川内史：即谢灵运。宋高祖刘裕代晋，谢灵运降公爵为侯爵，因其恃才傲物，“自谓才能宜参权要，既不见知，常怀愤愤”，终为权臣所忌。元嘉八年，即431年，谢灵运出任临川内史。在临川，谢灵运“在郡游放，不异永嘉”。后因其行为放纵，有谋反之嫌，为有司所纠，流徙广州。谢灵运作《自叙》：“韩亡子房奋，秦帝鲁连耻。本自江海人，忠义感君子。”韩亡子房奋，指张良行雇人锤击秦始皇，立志为国报仇；秦帝鲁连耻，指鲁连以魏国屈从于秦昭王为耻，主张联合抗秦。谢灵运作此诗，有抗刘宋王朝之意。也因此诗，谢灵运48岁时被杀于广州。

又

宝槊金貂别有才[①]，蹋围鸣鼓日千回[②]。
老兵不少俞灵韵[③]，亲向营门逐马来。

【笺注】

①宝槊金貂：这里指东昏侯萧宝卷的装扮，失帝王之尊。《南齐书·本纪第七》卷七：“拜爱姬潘氏为贵妃，乘卧舆，帝骑马从后。著织成袴褶，金薄帽，执七宝缚槊，戎装急服，不变寒暑，陵冒雨雪，不避坑阱。”槊（shuò），古代兵器。长矛，槊。《广韵·入觉》：“矟，矛属。《通俗文》曰：‘矛丈八者谓之矟。’”金貂，皇帝左右侍臣的冠饰。汉始，侍中、中常侍之冠，于武冠上加黄金当，附蝉为文，貂尾为饰，谓之赵惠文冠。《汉书·谷永传》：“戴金貂之饰，执常伯之职者皆使学先王之道。”后借称侍从贵臣。《文选·江淹〈杂体诗·效王粲“怀德”〉》：“贤主降嘉赏，金貂服玄缨。”李善注：“时粲为侍中，故云金貂。”

②蹋围：《南史·齐本纪下第五》齐废帝东昏侯萧宝卷蹋围，每月达二十余次，往无定数。蹋围时，不欲今百姓见之，驱斥百姓“打鼓蹋围，鼓声所闻，便应奔走，临时驱迫，衣不暇披，乃至徒跣走出，犯禁者应手格杀。百姓无复作业。终日路隅，从万春门由东宫以东至郊外，数千里皆空家尽室，巷陌

悬幔为高障，置仗人防守，谓之“屏除”。高障之内，设部伍羽仪，复有数部，皆奏鼓吹羌胡伎，鼓角横吹。夜反，火光照天。每三四更中，鼓声四出，幡戟横路，百姓喧走，士庶莫辨”。

③俞灵韵：善制木马。因制作木马助东昏侯学会骑马而被封官，陪从东昏侯骑马。《南史·齐本纪下》载，废帝萧宝卷不敢骑真马，“始欲骑马，未习其事，俞灵韵为作木马，人在其中，行动进退，随意所适，其后遂为善骑”。东昏侯对骑马射猎乐此不疲，“教黄门五六十人为骑客，又选营署无赖小人善走者为逐马鹰犬。左右数百人，常以自随，奔走往来，略不暇息”。

又

零落金莲贴地灰①，练儿顾盼自雄才②。

三千宫女同时出③，也爱潘妃国色来④。

【笺注】

①金莲：金制的莲花。《南史·齐纪下·废帝东昏侯》："凿金为莲华以帖地，令潘妃行其上，曰：'此步步生莲华也。'"贴地灰：南齐东昏侯行为乖张，生活极尽奢靡，宠爱潘妃，朝纲败坏。502年为萧衍所灭，金莲零落，早成灰烬。

②练儿：南朝梁武帝萧衍的小字。《梁书·武帝纪上》："高祖武皇帝讳衍，字叔达，小字练儿。"顾盼：左顾右盼，得意自满之态。《宋书·范晔传》："跃马顾盼，自以为一世之雄。"雄才：指才能出众的人。萧衍，南朝梁的建立者，曾在齐内乱之时起兵夺取帝位。重用士族，大兴佛教。长于文学，精乐律，善书法。

③三千宫女同时出：指梁武帝将三千宫女，分送给了将士。

④潘妃：南朝齐东昏侯萧宝卷的宠妃，小字玉儿，有姿色，性淫侈。萧宝卷为其建神仙、永寿、玉寿三座宫殿，穷奢极欲，宫殿地铺金莲纹。中兴二年（502），萧衍称帝建梁，是为梁武帝，南朝齐灭亡。《南史》卷五十五："时东昏妃潘玉

儿有国色，武帝（梁武帝）将留之，以问茂（王茂）。茂曰：‘亡齐者此物，留之恐贻外议。’帝乃出之。军主田安启求为妇，玉儿泣曰：‘昔者见遇时主，今岂下匹非类。死而后已，义不受辱。’及见缢，洁美如生”。

又

注籍纷纷定价余①，市曹行雁待铨除②。
后来又变停年格③，请命谁收薛琡书④。

【笺注】

①注籍：登记入册，此指注册入职做官。

②市曹：市内商业集中之处。《魏书》卷十五：“忠子晖，字景袭……迁吏部尚书，纳货用官，皆有定价，大郡二千匹，次郡一千匹，下郡五百匹，其余受职各有差，天下号曰‘市曹’。”行雁：成行的飞雁，此形容人多。铨除：犹选授。

③停年格：北魏崔亮所创的选官制度。不问贤愚，专以年资深浅为录用标准。《魏书·崔亮传》：“亮乃奏为格制，不问士之贤愚，专以停解日月为断。虽复官须此人，停日后者终于不得；庸才下品，年月久者灼然先用。沉滞者皆称其能。亮外甥司空谘议刘景安书规亮曰：‘……宜须改张易调，如之何反为停年格以限之？天下士子谁复修厉名行哉！’”

④薛琡书：薛琡任吏部尚书时，曾上书质疑停年格用人制度，但其意见并未受到采纳。《纲鉴汇纂》：“魏以崔亮为吏部尚书。亮奏为格制，不问士之贤愚，专以停解日月为断。沈滞者皆称其能。洛阳令薛琡书言：‘黎元之命，系于长吏。若使

选曹，唯取年劳，不简贤否，义均行雁，次若贯鱼，执簿呼名，一吏足矣。数人而用，何谓铨衡？’书奏，不报。其后，甄琛等继亮为吏部尚书，利其便己，踵而行之。魏之选举失人，自亮始也。”外藩：外部的屏藩。蠕蠕占据凉州，可以之拒强敌高车。

又

上使空持白虎幡[①]，谁教博议采袁翻[②]？
高车劲敌婆罗在[③]，特与凉州作外藩[④]。

【笺注】

①白虎幡：有白虎图像的旗。古代用作传布朝廷政令或军令的符信。晋崔豹《古今注·舆服》：“魏朝有青龙幡、朱雀幡、玄武幡、白虎幡、黄龙幡五，而以招四方……今晋朝唯用白虎幡。”

②博议：全面详尽地讨论或评议。博议采袁翻，《资治通鉴·梁纪五》载：“初，高车王弥俄突死，其众悉归嚈哒。后数年，嚈（yàn）哒（dā）遣弥俄突弟伊匐帅余众还国。伊匐击柔然可汗婆罗门，大破之，婆罗门帅十部落诣凉州，请降于魏（北魏），柔然余众数万相帅迎阿那瑰，阿那瑰启称‘本国大乱，姓姓别居，迭相抄掠。当今北人鹄望待拯，乞依前恩赐，给臣精兵一万，送臣碛北，抚定荒民。’诏付中书门下博议，凉州刺史袁翻以为：‘自国家都洛以来，蠕蠕、高车迭相吞噬。始则蠕蠕授首，既而高车被擒。今高车自奋于衰微之中，克雪仇耻，诚由种类繁多，终不能相灭。自二虎交斗，边境无尘数十年矣，此中国之利也。今蠕蠕两主相继归诚，虽戎

狄禽兽，终无纯固之节，然存亡继绝，帝王本务。若弃而不受，则亏我大德。若纳而抚养，则损我资储。或全徙内地，则非直其情不愿，亦恐终为后患，刘、石是也。且蠕蠕尚存，则高车有内顾之忧，未暇窥窬上国。若其全灭，则高车跋扈之势，岂易可知。今蠕蠕虽乱而部落犹众，处处棋布，以望旧主，高车虽强，未能尽服也。愚谓蠕蠕二主并宜存之，居阿那瑰于东，处婆罗门于西，分其降民，各有攸属。阿那瑰所居非所经见，不敢臆度。婆罗门请修西海故城以处之。西海在酒泉之北，去高车所居金山千余里，实北虏往来之冲要，土地沃衍，大宜耕稼。宜遣一良将，配以兵仗，监护婆罗门。因令屯田，以省转输之劳。其北则临大碛，野兽所聚，使蠕蠕射猎，彼此相资，足以自固。外以辅蠕蠕之微弱，内亦防高车之畔换，此安边保塞之长计也。若婆罗门能收离聚散，复兴其国者，渐令北转，徙度流沙，则是我之外藩，高车勍（qíng）敌，西北之虞，可以无虑。如其奸回返覆，不过为逋逃之寇，于我何损哉。'朝议是之。"

③高车：北朝人对漠北一部分游牧部落的泛称，因其"车轮高大，辐数至多"而得名。

④凉州：在今甘肃境内。西汉汉武帝在今甘肃省置凉州刺史部，凉州之名自此始，意为"地处西方，常寒凉也"。北魏时因地理因素，改凉州为敦煌镇。

又

金龙玉凤埒高阳①，富贵从夸章武王②。
王谢风流君不见③，世家原自重文章④。

【笺注】

①金龙：金色龙形的装饰物。《晋书·舆服志》："司南车，一名指南车，驾四马。其下制如楼，三级，四角金龙衔羽葆。"玉凤：玉雕的凤凰，后指玉雕的凤钗。埒：等同。高阳：即高阳王元雍。北魏献文帝之子，魏孝文帝之弟。字思穆。先封颍川王，改封高阳王。金龙玉凤埒高阳，指高阳王元雍和河间王元琛斗富之事。《资治通鉴·梁纪五》载："时宗室外戚权幸之臣，竞为豪侈。高阳王雍，富贵冠一国，宫室园圃，侔于禁苑，僮仆六千，伎女五百，出则仪卫塞道路，归则歌吹连日夜，一食直钱数万。李崇富埒于雍，而性俭啬，尝谓人曰'高阳一食，敌我千日'。河间王琛，每欲与雍争富，骏马十余匹，皆以银为槽，窗户之上，玉凤衔铃，金龙吐旆。尝会诸王宴饮，酒器有水精锋，马脑碗，赤玉卮，制作精巧，皆中国所无。又陈女乐、名马及诸奇宝，复引诸王历观府库，金钱、缯布，不可胜计。顾谓章武王融曰：'不恨我不见石崇，恨石崇不见我。'"

②章武王：元融，北魏章武王元彬的长子。《资治通鉴·梁纪五》载："融素以富自负，归而惋叹，卧疾三日。京光王继闻而省之，谓曰：'卿之货财计不减于彼，何为愧羡乃尔。'融曰：'始谓富于我者独高阳耳，不意复有河间。'继曰：'卿似袁术在淮南，不知世间复有刘备耳。'融乃笑而起。"

③王谢：六朝望族王氏、谢氏的并称。晋永嘉之乱后，琅琊王氏和陈郡谢氏族人，从北方南迁会稽（今绍兴）。后因王谢两家之王导、谢安及其后继者们于江左五朝的权倾朝野、文采风流、功业显著，荣耀史册，为后人所羡，故有"王谢"之合称。唐羊士谔《忆江南旧游二首》："山阴路上桂花初，王谢风流满晋书。"

④原自：本来，原来。

又

朝政神龟已可知[①]，羽林旁午辱张彝[②]。
洛阳大有平城使[③]，正是倾赀结客时[④]。

【笺注】

①神龟：传说中称有灵异的龟。《庄子·秋水》："楚有神龟，死已三千岁矣，王巾笥而藏之庙堂之上。"此处指北魏孝明帝元诩（518—520）使用的年号。《魏书》载："己酉，诏以神龟表瑞，大赦改年。"

②羽林：禁卫军名，汉武帝始建。旁午：将近中午。张彝：北魏清河东武城人。唐李延寿《北史·张彝传》载："第二子仲瑀上封事，求铨别选格，排抑武人，不使预在清品。由是众口喧喧，谤讟盈路，立榜大巷，克期会集，屠害其家。彝殊无畏避之意，父子安然。神龟二年二月，羽林武贲将几千人，相率至尚书省诟骂，求其长子尚书郎始均不获，以瓦石击打公门。上下慑惧，莫敢讨抑。遂持火虏掠道中薪蒿，以杖石为兵器，直造其第，曳彝堂下，捶挞极意，唱呼焚其屋宇。始均、仲瑀当时逾北垣而走。始均回救其父，拜伏群小，以请父命。羽林等就加殴击，生投之于烟火中，及得尸骸，不复可识，唯以髻中小钗为验。仲瑀走免。彝仅有余命，沙门寺与其

比邻，舆致于寺。远近闻见，莫不惋骇。乃卒。官为收掩羽林凶强者八人斩之。不能穷诛群竖，即为大赦，以安众心，有识者知国纪之将坠矣。”

③平城：今山西省大同市，北魏中期都城。北魏道武帝拓跋圭于天兴元年（398）七月迁都至此，至太和十八年（494）北魏孝文帝迁都洛阳。平城使，这里指北朝东魏权臣高欢。

④倾赀（zī）结客：《资治通鉴·梁纪五》载：“（高）欢，沉深有大志，家执役在平城，富人娄氏女见而奇之，遂嫁焉。始有马，得给镇为函使，至洛阳，见张彝之死，还家，倾赀以结客。或问其故，欢曰：‘宿卫相帅焚大臣之第，朝廷惧其乱而不问，为政如此，事可知矣，财物岂可常守邪。’”

又

中允功名洗马才[①]，旧僚陪送有谁哀[②]？
临湖殿里弯弓客[③]，却向宜秋洒涕回[④]。

【笺注】

①中允：官名。汉置，太子官属。南朝宋、齐称中舍人。唐贞观复改为中允，属詹事府，掌侍从礼仪，驳正启奏，并监药及通判坊局事。洗马：谓前马而走。汉沿秦置，为东宫官属，职如谒者，太子出则为前导。晋时改掌图籍。隋改司经局洗马。这里“中允”指王珪，“洗马”指魏征。

②旧僚：昔日同官共事的人。唐初年，李世民与太子李建成争王位，在玄武门发动政变，射杀了李建成。王珪和魏征本为太子属官，太子亡后，仍在官位，同时，请求为旧主李建成送葬，这与下文中李世民的“秋洒涕回”用意相同，皆为掩人耳目以示清白。在此，诗人借王珪和魏征为太子送葬之事，暗讽皇室兄弟为争夺皇位而手足相残的现象。

③临湖殿里弯弓客：《资治通鉴》卷一九一：“建成、元吉至临湖殿，觉变，即跋马东归宫府。世民从而呼之，元吉张弓射世民，再三不彀，世民射建成，杀之。尉迟敬德将七十余骑继至，左右射元吉坠马。”临湖殿，唐皇宫玄武门内之西。

弯弓客，这里指发动玄武门之变的李世民。

④却向宜秋洒涕回：626年，成功发动玄武门之变后，李世民登基继位。《资治通鉴》卷一九二：“十月，丙辰朔，日有食之。诏追封故太子建成为息王，谥曰隐；齐王元吉为剌王，以礼改葬。葬日，上哭之于宜秋门，甚哀。魏征、王珪表请陪送至墓所，上许之，命宫府旧僚皆送葬。”

又

羽衣木鹤想前身[①]，不到升仙到奉宸[②]。
自是平章曾入奏[③]，在廷何限赋诗人[④]。

【笺注】

①羽衣：指道士或神仙所着的衣服。木鹤：木制的鹤。《旧唐书·张昌宗传》："时谀佞者奏云，昌宗是王子晋后身。乃令被羽衣，吹箫，乘木鹤，奏乐于庭，如子晋乘空。"

②奉宸：即奉宸令，官名。武则天于圣历二年（699）为幸臣张易之及其弟张昌宗设立"控鹤府"，次年改称"奉宸府"，以张易之任"奉宸令"，引名士阎朝隐、薛谡、员半千为"奉宸供奉"。神龙元年（705），易之、昌宗败，遂废。

③自是：自然是，原来是。平章：官名。唐代以尚书、中书、门下三省长官为宰相，因官高权重，不常设置，选任其他官员加同中书门下平章事之名，简称"同平章事"，同参国事。唐睿宗时又有平章军国重事之称。这里指武则天时期的名臣狄仁杰。天授二年（691）九月，狄仁杰担任同凤阁鸾台平章事，成为宰相。但不久就被来俊臣诬陷下狱，平反后贬为彭泽县令，契丹之乱时被起复。神功元年（697），狄仁杰再次拜相，任鸾台侍郎、同凤阁鸾台平章事、纳言、右肃政台御史大

夫。他犯颜直谏，力劝武则天立庐陵王李显为太子，使得唐朝社稷得以延续。

④在廷：在朝者，即朝臣。何限赋诗人：《资治通鉴·唐纪二十三》："太后尝问仁杰：'朕欲得一佳士用之，谁可者?'仁杰曰：'未审陛下欲何所用之?'太后曰：'欲用为将相。'仁杰对曰：'文学缊借，则苏味道、李峤固其选矣。必欲取卓荦奇才，则有荆州长史张柬之，其人虽老，宰相才也。'太后擢柬之为洛州司马。数日，又问仁杰，对曰：'前荐柬之，尚未用也。'太后曰：'已迁矣。'对曰：'臣所荐者可为宰相，非司马也。'乃迁秋官侍郎；久之，卒用为相。"此外，狄仁杰还曾先后举荐夏官侍郎姚崇、监察御史桓彦范、太州刺史敬晖等数十人，后来均成为唐代名臣。

又

军职新加吕用之[1]，神仙楼殿极参差[2]。
那知论谪浑无赖，曾傍江阳后土祠[3]。

【笺注】

①军职：军队中的职务。吕用之：《太平广记》卷二九〇："鄱阳安仁里细民也。……因事九华山道士牛弘徽，弘徽自谓得道者也，用之降志师之，传其驱役考召之术。……高骈镇京口，召致方伎之士，求轻举不死之道，用之以其术通于客次。逾月不召，诣渤海亲人俞公楚。公楚奇之，过为儒服，目之曰江西吕巡官，因间荐于渤海。"高骈，唐末大将，为唐宪宗李纯时名将之后。晚年昏庸，信神仙之术，重用术士吕用之、张守一等人，付以军政大权。

②神仙楼殿极参差：吕用之得到高骈的信任后，便引导他不理军务，日夕斋醮，炼金烧丹，花费甚巨。《太平广记》："中和元年（881），用之以神仙好楼居，请于公廨邸北，跨河为迎仙楼。其斤斧之声，昼夜不绝，费数万缗，半岁方就。自成至败。竟不一游。扃鐍俨然，以至灰烬。是冬，又起延和阁于大厅之西，凡七间，高八丈，皆饰以珠玉，绮窗绣户，殆非人工。"

③江阳后土祠：《太平广记·妖妄三》："江阳县前一地只小庙，用之（吕用之）贫贱时，常与妻止其舍。凡所动静，祷而后行。得志后，谓为冥助，遂修崇之。回廊曲室，妆楼寝殿，百有余间。土木工师，尽江南之选。每军旅大事，则以少牢祀之。"

又

博学今无沈晦伦①，宣和名论一时新②。
众中大有摇头客③，莫便轻欺下坐人④。

【笺注】

①沈晦：字符用，号胥山，钱塘（今浙江杭州）人，宋徽宗宣和六年（1124）甲辰科状元。廷对之时，才冠全场，获宋徽宗亲笔赠诗相勉。《宋史·沈晦传》：“晦胆气过人，不能尽循法度，贫时尤甚，故累致人言。然其当官才具，亦不可掩云。”伦：辈，类。

②宣和：宋徽宗赵佶的年号。名论：指高明的或有名的言论。

③摇头客：此处指那些不赞同沈晦意见之人。《宋史·沈晦传》：“绍兴四年，起知镇江府、两浙西路安抚使，过行在面对，言：‘藩帅之兵可用。今沿江千余里，若令镇江、建康、太平、池、鄂五郡各有兵一二万，以本郡财赋易官田给之，敌至，五郡以舟师守江，步兵守隘，彼难自渡。假使参渡，五郡合击，敌虽善战，不能一日破诸城也。若围五郡，则兵分势弱，或以偏师缀我大军南侵，则五郡尾而邀之，敌安敢远去。此制稍定，三年后移江北，粮饷、器械悉自随。’又自乞‘分

兵二千及召募敢战士三千，参用昭义步兵法，期年后，京口便成强藩'。时方以韩世忠屯军镇江，不果用。”“刘麟入寇，世忠拒于扬州，晦乞促张俊兵为世忠援。赵鼎称晦议论激昂，帝曰：'晦诚可嘉，然朕知其人言甚壮，胆志颇怯，更观临事，能副所言与否？'然晦不为世忠所乐，寻提举临安府洞霄宫，起为广西经略兼知静江府。”

④轻欺：蔑视和欺侮。下坐人：下坐，末座；末席。这里当是指职位不高的沈晦、卫肤敏等人，虽有“名论”，却屡受各种排挤和贬低。

又

都监声名敌指挥[①]，隔河降表最先驰[②]。
赤岗事与滹沱异[③]，匆问中朝没字碑[④]。

【笺注】

①都监：官名，“分掌屯戍、边防、训练之政令……州都监则以大小使臣充，掌本城屯驻、兵甲、训练、差使之事，兼在城巡检”。这里指耶律余睹，辽大臣。“天庆（1111—1120）年间，为金吾卫大将军、东路都统。天庆九年（1119），领兵镇压张撒八起义，擒撒八。”《金史》：“天会三年，大举伐宋，余睹为元帅右都监，宋兵四万救太原，余睹、屋里海逆击于汾河北，擒其帅郝仲连、张关索，统制马忠，杀万余人。”

②隔河降表最先驰：此处指北宋末年，金兵侵宋，宋徽宗和宋钦宗呈降表，割地称臣，最终导致靖康之耻，北宋灭亡之事。《宋史纪事本末》：“斡离不谓之曰：‘汝家京城破在顷刻，所以敛兵不攻者，徒以少帝之故，欲存赵氏宗社，我恩大矣。今若欲议和，当输金五百万两、银五千万两、牛马万头、表段百万匹，尊金帝为伯父，归燕、云之人在汉者，割中山、太原、河间三镇之地，而以宰相、亲王为质，送大军过河，乃退耳。’……李纲言‘金人所需金币，竭天下且不足，况都城乎。三镇，国之屏蔽，割之何以立国。至于遣质，即宰相当

往，亲王不当往。若遣辨士，姑与之议所以可不可者，宿留数日，大兵四集，彼孤军深入，虽不得所欲，亦将速归。此时与之盟，则不敢轻中国而和可久也'，李邦彦等言'都城破在朝夕，尚何有三镇。而金币之数又不足较'。帝默然。纲不能夺，因求去，帝慰谕之曰：'卿第出治兵，此事当徐图之。'纲退，则誓书已成，称'伯大金皇帝''侄大宋皇帝'。金币、割地、遣质、更盟，一依其言。"

③赤岗事：指五代末年，契丹灭后晋之战中，后晋由守转攻，先以少胜多，后遭反扑，在滹沱河流域即阳城、定州一带激战之事。《旧五代史·外国列传一》："明年（937）春正月朔日，（耶律）德光至汴北，文武百官迎于路。是日入宫，至昏复出，次于赤岗。五日，宣制降晋少帝为负义侯，于黄龙府安置。七日，德光复自赤岗入居于大内，分命使臣于京城及往诸道括借钱帛。""二月朔日，德光服汉法服，坐崇元殿受蕃汉朝贺，宣制大赦天下，改晋国为大辽国。"滹沱：滹沱河。北宋末年，在真定与中山之间的滹沱河沿岸地区曾是金兵与宋军交战的主要战场。这里以滹沱代指上句所说金兵侵宋之事。

④没字碑：比喻虚有仪表而不通文墨的人。这里指安叔千，沙陀三部落人。《新五代史·杂传十·安叔千》："少善骑射，事唐庄宗，以为奉安指挥使。明宗时与讨王都，拜秦州刺史。从击契丹，为先锋都指挥使，以功拜昭武军节度使。历静难、横海、安国、建雄四镇。叔千状貌堂堂，而不通文字，所为鄙陋，人谓之'没字碑。'晋出帝时，为左金吾卫上将军。契丹犯京师，晋百官迎见耶律德光于赤冈，叔千出班夷言，德光劳曰：'是安没字否？汝在邢州，已通诚款，吾今至此，当与汝一吃饭处。'叔千再拜。乃以为镇国军节度使。……以太子太师致仕。"

上元即事

翠毦银鞍南陌回[①]，凤城箫鼓殷如雷[②]。
分明太乙峰头过[③]，一片金莲火里开[④]。

【笺注】

①翠毦（èr）：以鸟羽或兽毛做成的装饰物，常用以饰头盔、犬马或兵器。银鞍：银饰的马鞍。代指骏马。

②凤城：京城。箫鼓：箫与鼓。泛指乐奏。殷如雷：即殷雷。轰鸣的雷声，这里形容鼓声。

③太乙：星名，即帝星，又名北极二，距离北极星最近。太乙，又称“太一”。《星经》卷上：“太一星，在天一南半度。”这里的太乙指太乙真人。此句形容上元夜，燃放的烟火在天空中滑过的情景。

④一片金莲火里开：指烟火像金莲花一样盛开。在中国古代神话传说中，太乙真人用莲藕将死后的哪吒恢复人形，后帮哪吒火烧石矶娘娘。《封神演义》：“太乙真人罩了石矶，石矶在罩内不知东西南北。真人用两手一拍，那罩内腾腾焰起，烈烈光生，九条火龙盘绕——此乃三昧神火烧炼石矶。一声雷响，把娘娘真形炼出，乃是一块顽石。此石生于天地玄黄之外，经过地水火风，炼成精灵。”

咏柳偕梁汾赋

烟水频年瘦不支，相看余得许多丝①。

灵和旧事今如梦②，却到人间管别离。

【笺注】

①烟水频年瘦不支，相看余得许多丝：此乃诗人针对自己连年体弱多病，以柳自喻。烟水：喻分离。唐刘长卿《饯别王十一游》："望君烟水阔，挥手泪沾巾。"宋柳永《玉蝴蝶》："故人何在，烟水茫茫。"频年，连年，多年。不支，不能支撑，力量不够。相看：端详，观察。

②灵和旧事：典出"灵和柳"。灵和殿是南朝齐武帝时所建宫殿。《南史·张绪传》："绪吐纳风流，听者皆忘饥疲，见者肃然如在宗庙。虽终日与居，莫能测焉。刘悛之为益州，献蜀柳数株，枝条甚长，状若丝缕。时旧宫芳林苑始成，武帝以植于太昌灵和殿前，常赏玩咨嗟，曰：'此杨柳风流可爱，似张绪当年时。'"后遂以为咏柳常用之典。

又

弱絮残莺一半休①，万条千缕不胜愁②。
只应天上张星伴③，莫向青门系紫骝④。

【笺注】

①弱絮：轻柔的柳絮。残莺：晚春的黄莺鸣声。

②万条千缕：唐孟郊《古离别》："杨柳织别愁，千条万条丝。"不胜：无法承担；承受不了。

③张星：即二十八星宿中的张宿。居朱雀身体与翅膀连接处，为南方第五宿。因翅膀张开意味飞翔，民间常有"开张大吉"等说法，故张宿多吉。"张宿之星大吉昌，祭祀婚姻日久长，葬埋兴工用此日，三年官禄进朝堂。"

④青门：汉青门外有霸桥，汉人送客至此桥，折柳赠别。见《三辅黄图·桥》。后因以"青门"泛指游冶、送别之处。紫骝：古时骏马名。唐李白《紫骝马》："紫骝行且嘶，双翻碧玉蹄。"

秣陵怀古①

山色江声共寂寥②，十三陵树晚萧萧③。
中原事业如江左④，芳草何须怨六朝⑤？

【笺注】

①秣（mò）陵：即今南京。秦始皇南巡会稽后，金陵邑被改名为秣陵县。明初国都建于此。明亡，南明弘光朝亦建都于此。

②寂寥：冷落萧条。

③十三陵：明代十三个皇帝陵墓的总称，位于北京市昌平县天寿山麓。此处泛指明帝王陵墓，包括南京孝陵。萧萧：用以描述木摇落之声的象声词，此处形容景色凄清、寒冷。

④中原：借指迁都北京后以北方为统治中心的明朝。中原事业，明成祖后明朝在北京对全国的统治。江左：江南。此处指南明流亡政权及建都江左的六朝。

⑤六朝：指以南京为都城的东吴、东晋和南北朝时期的宋、齐、梁、陈。

题虞美人蝴蝶画扇

写得春风分外娇，粉痕零落晕红潮①。
曲终梦醒浑无那②，同向斜阳恨寂寥。

【笺注】

①粉痕：美人的脂粉被眼泪洗掉了。晕（yùn）：泛起，由中心向四周扩散开去。红潮：脸颊红润。宋苏轼《西江月》："云鬓风前绿卷，玉颜醉里红潮。"

②无那：无奈，无可奈何。

有　感

帐中人去影澄澄①，重对年时芳苡灯②。
惆怅月斜香骑散③，人间何处觅韩冯④。

【笺注】

①澄澄：本意指水净而清。这里指明晰的样子。宋吴文英《六丑》："笑靥敧梅，仙衣舞缬。澄澄素娥宫阙。"

②年时：去年。芳苡灯：约秦汉时，帝王宫室中使用的一种灯。郭宪《洞冥记》："房嵻细枣出房嵻山，山临碧海，上万年一实，如今之软枣，咋之有膏，膏可然灯。西王母握以献帝。（汉武）帝然芳苡，灯光色紫，有白凤、黑龙馵（zhù，后足白色的马）足来，戏于阁边。有青鸟赤头，沿路而下，以迎神女。"

③香骑：美女的坐骑。唐张籍《寒食内宴》："廊下御厨分冷食，殿前香骑逐飞球。"

④韩冯：亦作韩凭。据晋干宝《搜神记》卷十一载，相传战国时宋康王舍人韩凭娶妻何氏，甚美，康王夺之。凭怨，王囚之，沦为城旦。凭自杀。其妻乃阴腐其衣，王与之登台，妻遂自投台下，左右揽之，衣不中手而死。遗书于带，愿以尸骨赐凭合葬。王怒，弗听，使里人埋之，冢相望也。宿昔之

间，便有大梓木生于两冢之端，旬日而大盈抱，屈体相就，根交于下，枝错于上。又有鸳鸯，雌雄各一，恒栖树上，晨夕不去，交颈悲鸣，音声感人。宋人哀之，遂号其木曰“相思树”。后以“韩冯”用于男女相爱、生死不渝的典故。

四时无题诗

一树红梅傍镜台[①]，含英次第晓风催[②]。
深将锦幄重重护[③]，为怕花残却怕开。

【笺注】

①镜台：装着镜子的梳妆台。

②含英：花含苞而未放。次第：依次。

③锦幄：锦制的帷幄，意谓帐幕华美。重重：层层。

又

金鸭香轻护绮栊[①]，春衫一色飏蜻蜓[②]。
偶因失睡娇无力[③]，斜倚熏笼看画屏[④]。

【笺注】

①金鸭：镀金的鸭形铜香炉。唐戴叔伦《春怨》："金鸭香消欲断魂，梨花春雨掩重门。"绮栊：装饰着丝绸绣品的窗格。

②一色：单色，一种颜色。飏（yáng）：飞扬，飘扬。

③娇：困倦。唐白居易《长恨歌》："侍儿扶起娇无力，始是新承恩泽时。"

④熏笼：覆盖于火炉上供熏香、烘物和取暖用的器物。唐白居易《宫词》："红颜未老恩先断，斜倚熏笼坐到明。"画屏：有画饰的屏风。

又

手捻红丝凭绣床[①]，曲阑亭午柳花香[②]。
十三时节春偏好[③]，不似而今惹恨长[④]。

【笺注】

①捻（niǎn）：揉搓，搓捻。红丝：红色的丝线。绣床：装饰华丽的床，多指女子睡床。

②亭午：正午。柳花香：唐李白《金陵酒肆留别》："风吹柳花满店香，吴姬压酒劝客尝。"

③十三时节春偏好：《后汉·陈宠传》："十三月阳气已至，天地已交，万物皆出，蛰虫始振，人以为正，夏以为春。"又《隋书·牛宏传》："今十一月不以黄钟为宫，十三月不以太蔟为宫，便是春木不王，夏土不相，则知正月亦可称十三月。"

④而今：如今，现在。

又

青杏园林试越罗①，映妆残月晓风和②。
春山自爱天然妙③，虚费筠奁十斛螺④。

【笺注】

①越罗：越地所产的丝织品，以轻柔精致著称。化用宋晏殊《浣溪沙》："青杏园林煮酒香。佳人初著薄罗裳。"指春天在一片挂满绿杏的园林里，美人试穿上罗裳。

②残月：将落的月亮，这里指清晨时分，月亮将落之时。

③春山：春日山色黛青，喻指妇人姣好的眉毛。

④筠（yún）奁（lián）：古时用来盛梳妆用品的竹制器具，亦指盒匣一类的盛物器具。筠，竹子。奁，镜匣。螺：即螺子黛，古时妇女用来画眉的一种青黑色矿物颜料。《说郛》卷七十八引唐颜师古《隋遗录》："绛仙（吴绛仙）善画长蛾眉……由是殿脚女争效为长蛾眉，司宫吏日给螺子黛五斛，号为蛾绿。螺子黛出波斯国，每颗直十金。"

又

绿槐阴转小阑干[①]，八尺龙须玉簟寒[②]。

自把红窗开一扇，放他明月枕边看。

【笺注】

①阑干：用竹、木、砖石等构制而成，设于亭台楼阁或路边、水边等处做遮拦用的栏杆。

②龙须：即龙须草。多年生草本植物，茎伏地蔓生，极细软，纤维坚韧，古人拿它编织草席和枕头席。席子薄而轻、凉，最宜夏天使用。清施元孚《雁荡山志》："龙须草，茎细，与田间所种席草不同。始出缙云，晋时织席入贡，今惟瓯为盛。郡人每织席，取其半浸泥水中变紫，再浸变黑，织为花卉云物，谓之花席，暑月寝之，可当蕲簟。产雁山者更细而秀。"玉簟：竹席的美称。

又

水榭同携唤莫愁①，一天凉雨晚来收。
戏将莲菂抛池里②，种出花枝是并头③。

【笺注】

①水榭：建筑在水边或水上，供人们游憩眺望的亭阁。莫愁：古乐府中传说的女子，石城（在今湖北省钟祥县）人。《旧唐书·音乐志二》："石城有女子名莫愁，善歌谣，《石城乐》和中复有'莫愁'声，故歌云：'莫愁在何处？莫愁石城西，艇子打两桨，催送莫愁来。'"

②莲菂（dì）：莲实。唐郭橐驼《种树书》卷下："以莲菂投靛瓮中，经年移种，发碧花。"

③并头：头挨着头，并排长在同一茎上的两朵莲花。比喻男女好合，成双成对。

又

小睡醒来近夕阳，铅华洗尽淡梳妆[①]。

纱幮此日偏惆怅[②]，剪取巫云做晚凉[③]。

【笺注】

①铅华：妇女化妆用的铅粉。《文选·曹植〈洛神赋〉》：“芳泽无加，铅华弗御。”李善注引张衡《定情赋》：“思在面为铅华兮，患离尘而无光。”

②纱幮（chú）：即纱帐，室内张施用以隔层或避蚊。

③巫云：巫山之云。唐元稹《离思五首》之四有：“曾经沧海难为水，除却巫山不是云。”巫山云，典出战国宋玉《高唐赋》：楚王曾梦见和神女欢会，分别时神女说她在巫山南边，早上是朝云，晚上是行雨。此处巫云代指云彩。晚凉：天气凉爽的傍晚。

又

追凉池上晚偏宜[①]，菱角鸡头散绿漪[②]。
偏是玉人怜雪藕[③]，为他心里一丝丝[④]。

【笺注】

①追凉：乘凉，纳凉。偏宜：最宜，特别合适。

②菱角：一种水生草本植物的果实，四角或两角不等。鸡头：即鸡头肉，芡实的别名。北魏贾思勰《齐民要术·养鱼》：“鸡头，一名雁喙，即今芡子是也。由子形上花似鸡冠，故名曰鸡头。”

③玉人：亲人或所爱者的爱称。雪藕：嫩藕色白，故称。

④雪藕、丝丝：在古诗词中，常用“藕”谐“偶”，以“丝”谐“思”。唐杜甫《陪诸贵公子丈八沟携妓纳凉》：“公子调冰水，佳人雪藕丝。”

又

却对菱花泪暗流[①]，谁将风月印绸缪[②]？
生来悔识相思字，判与齐纨共早秋[③]。

【笺注】

①菱花：指菱花镜，古时铜镜的一种，多为六角形或背面刻有菱花者。亦泛指镜。

②风月：清风明月，美好的景色。《宋书·始平孝敬王子鸾传》："上痛爱不已，拟汉武《李夫人赋》，其词曰：'……徙倚云日，裴回风月。'"绸缪：紧密缠缚的样子。《诗·唐风·绸缪》："绸缪束薪，三星在天。"毛传："绸缪，犹缠绵也。"形容缠绵不解的男女恋情。

③齐纨：春秋齐地出产一种白细绢。汉班婕妤《怨歌行》："新裂齐纨素，皎洁如霜雪；裁为合欢扇，团团似明月。"后遂以此代称团扇。清陈维崧《桃源忆故人·秋日晒扇见故人王湛斯画柳赋此志感》："别来往事消沉，只有齐纨在手。"早秋：初秋。

又

解尽余酲爇尽香[①]，雨声虫语两凄凉[②]。

如何刚报新秋节[③]，便觉清宵分外长[④]？

【笺注】

①余酲（chéng）：宿醉。五代前蜀薛绍蕴《喜迁莺》：“乍无春睡有余酲。”

②两凄凉：明蜀成王朱让栩《拟古宫词》：“凄凉最苦秋宵永，风冷阶虫伴雨鸣。”

③新秋：初秋。

④清宵：清静的夜晚。清宵分外长，指入秋之后，日短夜长。唐白居易《新秋》：“其奈江南夜，绵绵自此长。”

又

璇玑好谱断肠图[①]，却为思君碧作朱[②]。

几夜西风消瘦尽，问侬还似旧时无[③]？

【笺注】

①璇玑好谱断肠图：《晋书》卷九十六《列女传·窦涛妻苏氏》："窦涛妻苏氏。始平人也，名蕙，字若兰。善属文，滔，苻坚时为秦州刺史，被徙流沙，苏氏思之，织锦为回文旋图诗以赠滔。宛转循环以读之，凡八百四十字。"因其词甚凄婉，故成断肠。璇玑，回文诗图。

②碧作朱：将红的看成绿的，形容眼睛发花，视觉模糊。朱，大红色。碧，翠绿色。南朝梁王僧孺《夜愁示诸宾》："谁知心眼乱，看朱忽成碧。"后有成语"看朱成碧"。

③侬（nóng）：你。

又

菊香细细扑重帘[1]，日压雕檐起未忺[2]。
端的为花憔悴损[3]，一枝还向胆瓶添[4]。

【笺注】

①细细：轻微。重帘：一层层的帘幕。

②未忺（xiān）：不如意，不高兴。

③端的：真的，确实。为花憔悴损：宋韩琦《点绛唇》：“病起恹恹，画堂花谢添憔悴。乱红飘砌，滴尽胭脂泪。”

④胆瓶：长颈大腹的花瓶，因形如悬胆而名。

又

凝阴容易近黄昏①，兽锦还余昨夜温②。
最是恼人风弄雪③，睡醒无事总关门。

【笺注】

①凝阴：阴云。

②兽锦：织有兽形图案的锦被。

③恼人：令人着恼。宋柳永《尉迟杯》：“困极欢余，芙蓉帐暖，别是恼人情味。”

又

玉指吴盐待剖橙[①]，忽听楼外马蹄声。
问郎今日天寒甚，却是何人抵暮行？[②]

【笺注】

①玉指吴盐待剖橙：宋周邦彦《少年游》：“并刀如水，吴盐胜雪，纤手破新橙。”相传，这首词是周邦彦为北宋名妓李师师所写。张端义《贵耳录》载：“道君（宋徽宗）幸李师师家，偶周邦彦先在焉。知道君至，遂匿床下。道君自携新橙一颗，云江南初进来。遂与师师谑语。邦彦悉闻之，隐括成《少年游》云……”玉指，美人的手指。吴盐，产自吴地的盐，以雪白的吴盐来形容女子皮肤白皙无瑕，委婉表达对女子的赞美。

②抵暮：直至日暮时分。

又

漫学吹笙苦未调[1]，娇痴且自阅焚椒[2]。
博山香尽残灰冷[3]，零落霜华带月飘[4]。

【笺注】

①漫学吹笙苦未调：宋周邦彦《南乡子·拨燕巢》："轻软舞时腰。初学吹笙苦未调。"

②娇痴：天真可爱而不解事。且自：暂且，只管。焚椒：椒有香味，焚烧椒，作为熏香或用以取暖。

③博山：即博山炉，焚香所用的器具。

④霜花：即霜。霜为粉末状结晶。花，指物之微细者。故称。带月：谓披戴月色。

又

漫爇甜香谩煮茶①，桃符换却已闻鸦②。
宿妆总待侵晨换③，留取鬟心柏子花④。

【笺注】

①谩（màn）：通“漫”。聊且。宋辛弃疾《上西平》：“冻吟应笑，羔儿无分谩煎茶。”爇（ruò）：烧。甜香：甘美芳香的气味。

②桃符：古代挂在大门上的两块画着神荼、郁垒二神的桃木板，以为能压邪。南朝梁宗懔《荆楚岁时记》：“正月一日……帖画鸡户上，悬苇索于其上，插桃符其旁，百鬼畏之。”

③宿妆：旧妆，残妆。侵晨：天快亮时，拂晓。

④鬟心：鬟髻的顶心。柏子花：清顾禄《清嘉录》卷十二：“年夜，像生花铺以柏叶点铜绿，并剪彩绒为虎形，扎成小朵，曰‘老虎花’。有旁缀小虎者，曰子孙老虎。或剪人物为寿星、和合、招财进宝、麒麟送子之类，多取吉谶，号为柏子花。闺阁中买以相馈贻，并为新年小儿女助妆。”

又

挑尽银灯月满阶[①]，立春先绣踏青鞋[②]。

夜深欲睡还无睡，要听檀郎读紫钗[③]。

【笺注】

①挑尽：灯芯燃完了。明薛素素《雨夜》："挑尽银灯愁不尽，满庭疏雨湿芭蕉。"明玄子《谒金门》："挑罢银灯情脉脉。绣花无气力。"

②踏青鞋：清明节前后，古人有郊野游览的习俗，故清明节又称踏青节。唐孟浩然《大堤行》："岁岁春草生，踏青二三月。"

③檀郎：《晋书·潘岳传》载，晋潘岳美姿容，尝乘车出洛阳道，路上妇女慕其丰仪，手挽手围之，掷果盈车。潘岳，小字檀奴，后因以"檀郎"为妇女对夫婿或所爱慕的男子的美称。紫钗：即明代大戏剧家汤显祖所著的《紫钗记》。汤显祖在唐人蒋防传奇小说《霍小玉传》基础上演绎李益和霍小玉的爱情故事，讴歌了二人对爱情的真挚与执着，为汤显祖"临川四梦"之第一梦。

又

是谁看月是谁愁，夜冷无端上小楼[①]。
已过日高还未起，任教鹦鹉唤梳头[②]。

【笺注】

①无端：无心；无意。

②任教鹦鹉唤梳头：明项兰贞《浣溪沙》："帘外一声鹦鹉唤，唤梳头。"

记证人语[1]

列幕平沙夜寂寥[2]，楚云燕月两迢迢[3]。
征人自是无归梦[4]，却枕兜鍪卧听潮[5]。

【笺注】

①康熙十七年（1678）八月清军击败吴三桂于衡州，进驻岳州。这一组诗即写于此时。

②列幕：众多排列在一起的军营帷帐。清陈维崧《前调》："平沙列幕悲风吼。猎火照、依稀认是，云中生口。"平沙：沙地。

③楚云：楚天之云。《晋书·天文志中》："韩云如布，赵云如牛，楚云如日，宋云如车。"燕月：燕山一带的月亮。楚云、燕山，一南一北。

④归梦：归乡之梦。南朝齐谢朓《和沈右率诸君饯谢文学》："望望荆台下，归梦相思夕。"

⑤兜鍪（móu）：古时士兵戴的头盔。秦汉之前称胄，后叫兜鍪。

又

横江烽火未曾收[①]，何处危樯系客舟[②]？

一片潮声飞石燕[③]，斜风细雨岳阳楼[④]。

【笺注】

①横江：古名东港、吉阳水，又称白鹤溪，位于安徽南部河流，是新安江主要支流之一。烽火：古时边防报警的烟火，这里代指平定吴三桂叛乱的战斗。

②危樯：高的桅杆，此处代指帆船。客舟：运客的船。

③石燕：形似燕的石头。北魏郦道元《水经注·湘水》："湘水东南流迳石燕山东，其山有石，绀而状燕，因以名山。其石或大或小，若母子焉。及其雷风相薄，则石燕群飞，颉颃如真燕矣。"

④斜风细雨：斜风，旁侧吹来的小风；细雨，小雨。形容小的风雨。唐张志和《渔父》："青箬笠，绿蓑衣，斜风细雨不须归。"岳阳楼：湖南省岳阳市西门古城楼，相传为三国吴鲁肃阅兵时所建。唐开元四年（716）中书令张说谪守巴陵（今岳阳市）时在旧阅兵台基础上兴建此楼。登楼远眺，八百里洞庭尽收眼底，为古今著名风景名胜。宋庆历五年（1045）

滕子京守巴陵时重修，范仲淹为撰《岳阳楼记》，名益著。宋黄庭坚《雨中登岳阳楼望君山二首》之二：“满川风雨独凭楼，绾结湘娥十二鬟。”

又

楼船昨过洞庭湖①，芦荻萧萧宿雁呼②。

一夜寒砧霜外急③，书来知有寄衣无？

【笺注】

①楼船：古时用作战船，有楼的大船。此处代指水军。《史记·平准书》："是时越欲与汉用船战逐，乃大修昆明池，列观环之。治楼船，高十余丈，旗帜加其上，甚壮。"

②芦荻：多年生挺水高大宿根草本，形如芦苇。萧萧：秋风的声音。唐刘禹锡《西塞山怀古》："今逢四海为家日，故垒萧萧芦荻秋。"

③寒砧：即寒秋的捣衣声，表达秋夜的冷落萧条。

又

旌旗历历射波明[①]，洲渚宵来画角声[②]。
啼遍鹧鸪春草绿[③]，一时南北望乡情[④]。

【笺注】

①历历：排列成行。《楚辞·刘向〈九叹·惜贤〉》："登长陵而四望兮，览芷圃之蠡蠡。"汉王逸注："蠡蠡犹历历，行列貌也。"射波：映射到波面上。唐王维《送秘书晁监还日本国》："鳌身映天黑，鱼眼射波红。"

②洲渚：水中小块陆地。宵：夜。《诗·豳风·七月》："昼尔于茅，宵尔索绹。"毛传："宵，夜。"画角：传自西羌的古管乐器，因表面有彩绘，故称。发声哀厉高亢，古时军中多用以警昏晓，振士气，肃军容。

③鹧鸪：一种形似雌雉，头如鹑，胸前有白圆点，如珍珠的鸟。背毛多有紫赤浪纹，足黄褐色。以谷粒、豆类和其他植物种子为主食，兼食昆虫。因谐其鸣声为"行不得也哥哥"，古人诗文中常用以表示思念故乡。《文选·左思〈吴都赋〉》："鹧鸪南翥而中留，孔雀綷羽以翱翔。"刘逵注："鹧鸪，如鸡，黑色，其鸣自呼。或言此鸟常南飞不止。豫章已南诸郡处处有之。"

④望乡情：遥望故乡，借指思乡之情。

又

青磷点点欲黄昏[1]，折铁难消战血痕[2]。

犀甲玉枹看绣涩[3]，九歌原自近招魂[4]。

【笺注】

①青磷：人和动物尸体腐烂时，会分解出磷化氢，常在夜间田野中自燃，发生青绿色的光焰，古称"青燐"，俗称鬼火。清顾炎武《莱州》："郊垒青燐出，城陴白骨枯。"点点：小而多。

②折铁：即折铁宝剑。古代名剑。状似刀，仅一侧有刃，另一侧是背，上有一窄凹槽。《拳剑指南》谓："状极古雅，有刚柔力，能弯曲自如。单双手持之，无往不利。此是古大将所用折铁宝剑。"折铁难消战血痕，指将军的宝剑血痕累累，无法消除。

③犀甲：犀牛皮制的铠甲。因犀皮不常有，或用牛皮，亦称犀甲。玉枹：鼓槌的美称。绣涩：锈涩，受侵蚀而无光泽。

④九歌：古代乐曲。相传为禹时乐歌。《楚辞·离骚》："奏《九歌》而舞《韶》兮，聊假日以偷乐。"王逸注："《九歌》，九德之歌，禹乐也。"招魂：招生者之魂。《楚辞》有《招魂》篇，汉王逸《题解》："《招魂》者，宋玉之所作

也……宋玉怜哀屈原，忠而斥弃，愁懑山泽，魂魄放佚，厥命将落。故作《招魂》，欲以复其精神，延其年寿。”此处，诗人借《招魂》告慰平叛中战死的英魂。

又

战垒临江少落花[①]，空城白日尽饥鸦[②]。
最怜陌上青青草[③]，一种春风直到家。

【笺注】

①战垒：战争中用以防守的堡垒。

②饥鸦：饥饿的乌鸦。乌鸦是杂食动物，也吃腐烂的尸体。这里借乌鸦之饿，烘托城空无人烟。

③陌上：即田间。田间小路，南北向叫“阡”，东西向叫作“陌”。

又

阵云黯黯接江云①，江上都无雁鹜群。
正是不堪回首夜②，谁吹玉笛吊湘君③？

【笺注】

①阵云：浓重厚积形似战阵的云。古人以为战争之兆。黯黯：光线昏暗，颜色发黑。

②不堪回首：谓不忍心回忆过去。唐戴叔伦《哭朱放》："最是不堪回首处，九泉烟冷树苍苍。"唐钱起《湘灵鼓瑟》："善抚云和瑟，常闻帝子灵。冯夷空自舞，楚客不堪听。"

③玉笛：笛子的美称。湘君：湘水本有水神，谓之湘君。《楚辞·九歌·湘君》："君不行兮夷犹，蹇谁留兮中洲。"汉王逸注："君谓湘君……所留盖谓此尧之二女也。"洪兴祖补注："逸以湘君为湘水神，而谓留湘君于中洲者二女也。"

又

边月无端照别离，故园何处寄相思[1]？
西风不解征人苦[2]，一夕萧萧满大旗[3]。

【笺注】

①故园：即故乡。唐骆宾王《晚憩田家》：“唯有寒潭菊，独似故园花。”

②西风：这里指秋风。唐李白《长干行》：“八月西风起，想君发扬子。”

③一夕：一夜。萧萧：这里指风声。宋谢翱《饮飞庙迎神引》：“风萧萧兮满旗，云之车兮来思。”

又

移军日夜近南天[①]，蓟北云山益渺然[②]。

不是啼乌衔纸过[③]，那知寒食又今年[④]。

【笺注】

①移军：军队移动。唐韩愈《顺宗实录四》："盗贼至州，杲惧，移军上元。"南天：指南方，岭南地区。金周昂《北行》："北塞甘长别，南天欲远征。"

②蓟北：指今天津蓟县以北，燕山地区。

③纸：这里指旧俗中为祭奠鬼魂而焚化的纸钱。《七国春秋平话》后集卷上："白起上纸祭毕。"啼乌衔纸，语出宋苏轼《黄州寒食诗帖》："那知是寒食，但见乌衔纸。君门深九重，坟墓在万里。也拟哭途穷，死灰吹不起。"乌鸦衔着纸钱，才知寒食节已至。

④寒食：即寒食节，多在清明前一日或二日。相传春秋时晋文公负其功臣介之推。介愤而隐于绵山。文公悔悟，烧山逼令出仕，之推抱树焚死。人民同情介之推的遭遇，相约于其忌日禁火冷食，以为悼念。以后相沿成俗，谓之寒食。按，《周礼·秋官·司烜氏》"中春以木铎修火禁于国中"，则禁火为周的旧制。有的地方亦称清明为寒食。

又

鬓影萧萧夜枕戈[1]，隔江清泪断猿多[2]。
霜寒画角吹无力[3]，归梦秦川奈尔何[4]。

【笺注】

①鬓影：鬓发的影子。语本唐骆宾王《在狱咏蝉》："那堪玄鬓影，来对白头吟。"枕戈：头枕着武器，杀敌报国，志坚情切。戈，泛指武器。唐杜甫《壮游》："枕戈忆勾践，渡浙想秦皇。"

②清泪：即眼泪。断猿：孤独悲啼之猿。唐太宗《辽东山夜临秋》："连山惊鸟乱，隔岫断猿吟。"

③霜寒：寒光闪闪的样子。

④秦川：泛指今陕西、甘肃的秦岭以北平原地带。因春秋、战国时地属秦国而得名。《三国志·蜀志·诸葛亮传》："天下有变，则命一上将将荆州之军以向宛洛，将军身率益州之众出于秦川，百姓孰敢不箪食壶浆以迎将军者乎？"

又

一曲金笳客泪垂[①]，铁衣闲却卧斜晖[②]。
衡阳十月南来雁[③]，不待征人尽北归。

【笺注】

①金笳：古时北方民族常用的一种管乐器的美称。唐武元衡《汴和闻笳》："何处金笳月里悲，悠悠边客梦先知。"

②铁衣：这里借指士兵。唐高适《燕歌行》："铁衣远戍辛勤久，玉箸应啼别离后。"

③南来雁：据传，大雁在十月前后南飞至衡阳附近后，便停留下来过冬，不再南飞。这里诗人当是借指清军已收复衡阳。

又

才歇征鼙夜泊舟[①]，荻花枫叶共飕飕[②]。

醉中不解双鞬卧[③]，梦过红桥访旧游[④]。

【笺注】

①征鼙（pí）：出征的鼓声，比喻战事。晋陆云《晋故散骑常侍陆府君诔》："征鼙屡振，干戈未戢。"

②荻花：多年生草本植物，生在水边，叶子长形，似芦苇，秋天开紫花。唐白居易《琵琶行》："浔阳江头夜送客，枫叶荻花秋瑟瑟。"

③不解：不能解开；不能分开。鞬（jiān）：马上盛弓矢的器具。《左传·僖公二十三年》："其左执鞭弭，右属櫜鞬，以与君周旋。"杜预注："櫜以受箭，鞬以受弓。"《后汉书·西羌传论》："桴革暂动，则属鞬以鸟惊。"李贤注："鞬，箭服也。"

④红桥：桥名，在江苏省扬州市。明崇祯时建，为扬州游览胜地之一。清王士禛《红桥游记》："游人登平山堂，率至法海寺，舍舟而陆，径必出红桥下。桥四面皆人家荷塘，六七月间，菡萏作花，香闻数里，青帘白舫，络绎如织，良谓胜游矣。"旧游：这里指昔日交游的友人。

又

去年亲串此从军[①]，挥手城南日未曛[②]。
我亦无端双袖湿，西风原上看离群。

【笺注】

①亲串（guàn）：亲近之人，亲戚。南朝宋谢惠连《秋怀诗》："因歌遂成赋，聊用布亲串。"

②曛（xūn）：夕阳的余晖。日未曛，指天色还不晚。

上元月食①

夹道香尘拥狭斜②，金波无影暗千家③。
姮娥应是羞分镜④，故倩轻云掩素华⑤。

【笺注】

①上元月食：据《清朝文献通考》记载：康熙二十一年（1682）正月甲子望，月食在张宿二度三十八分，食十六分四十六秒。寅正三刻十一分初亏，卯初三刻四分食既，卯正三刻五分食甚，辰初三刻七分生光，辰正三刻复圆。这首诗当是描写的这次月食时的情形。

②夹道：指两壁间的狭窄小道。香尘：芳香之尘，多指女子之步履而起者。语出晋王嘉《拾遗记·晋时事》："（石崇）又屑沉水之香如尘末，布象床上，使所爱者践之。"狭斜：小街曲巷，多指妓院。古乐府有《长安有狭斜行》，述少年冶游之事。后称娼妓居处为"狭斜"。南朝梁沈约《丽人赋》："狭斜才女，铜街丽人。"

③金波无影暗千家：这次月全食发生于凌晨，至食既，也就是"金波无影"的时候，大约是早上五点半至六点之间，冬季的北京此时尚未日出，故曰"暗千家"。金波，谓月光，这里借指月亮。

④姮娥：神话中的月中女神。这里借指月亮。宋王安石《试院中五绝句》之三："咫尺淹留可奈何，东西虚共一姮娥。"分镜：与镜子分离，从镜前走开。

⑤倩（qìng）：请，恳求。轻云：薄云，淡云。三国魏曹植《洛神赋》："仿佛兮若轻云之蔽月，飘飖兮若流风之回雪。"素华：白色的光华。这里诗人采用了拟人的手法，做"白净的面容"理解为宜。

柬西溟[1]

廿载疏狂世未容[2]，重来依旧寺门钟[3]。
晓衾何处还家梦[4]，惟有凉飙起古松[5]。

【笺注】

①柬（jiǎn）：指寄柬。西溟：即诗人的好友姜宸英。

②廿载：指二十年。疏狂：豪放，不受拘束。

③重来依旧寺门钟：姜宸英居京时曾寓佛寺。姜宸英守丧三年后返京，重来听闻佛寺钟声，当无甚变化。

④晓衾何处还家梦：姜宸英返京大约在康熙二十一或二十二年间。此间，诗人作为康熙身边的御前侍卫，多次长时间外出。二十一年奉命远赴梭龙侦察，二十二年陪康熙巡幸五台山。长期的劳累奔波，对家乡的思念之苦尤甚，与好友相见亦难。

⑤凉飙：秋风。汉班婕妤《怨歌行》："常恐秋节至，凉飙夺炎热。"

偕梁汾过西郊别墅[1]

迟日三眠伴夕阳[2]，一湾流水梦魂凉[3]。
制成天海风涛曲[4]，弹向东风总断肠[5]。

【笺注】

①西郊别墅：当指桑榆墅。初名西园，位于今北京海淀区双榆树。

②迟日：《诗·豳风·七月》："春日迟迟。"后以"迟日"指春日。三眠：蚕初生至成蛹，蜕皮三四次。蜕皮时不食不动，成睡眠状态。第三次蜕皮谓之三眠。这里指沉睡。

③梦魂：古人以为人的灵魂在睡梦中会离开肉体，故称"梦魂"。

④天海风涛曲：李商隐《柳枝诗序》："作天海风涛之曲，幽咽怨断之音。"

⑤东风总断肠：唐罗隐《桃花》："旧山山下还如此，回首东风一断肠。"

又

小艇壶觞晚更携[1]，醉眠斜照柳梢西[2]。

诗成欲问寻巢燕，何处雕梁有旧泥[3]？

【笺注】

①壶觞：酒器。晋陶潜《归去来兮辞》："引壶觞以自酌，眄庭柯以怡颜。"

②柳梢西：即月上柳梢西。

③雕梁：饰有浮雕、彩绘的梁；装饰华美的梁。南朝梁萧统《锦带书十二月启·姑洗三月》："燕语雕梁，状对幽闺之语。"

为友人赋

不将才思唱临春[①]，爱著荷衣狎隐沦[②]。
分付芙蓉湖上月[③]，好留清影待归人[④]。

【笺注】

①临春：南朝陈后主时所建阁名，这里指《临春乐》。《南史》曰："后主张贵妃名丽华，与龚孔二贵嫔、王李二美人、张薛二淑媛、袁昭仪、何婕妤、江修容等，并有宠，又以宫人袁大舍等为女学士。每引宾客游宴，则使诸贵人女学士与狎客共赋新诗，采其尤艳丽者，以为曲调，被以新声，选宫女千数歌之。其曲有《玉树后庭花》《临春乐》等。其略云：'璧月夜夜满，琼树朝朝新。'大抵皆美张贵妃、孔贵嫔之容色。"

②荷衣：传说中用荷叶制成的衣裳，多指高人、隐士之服。《文选·孔稚珪〈北山移文〉》："焚芰制而裂荷衣，抗尘容而走俗状。"吕延济注："芰制、荷衣，隐者之服。"隐沦：本为神人等级之一，这里指隐者。唐杜甫《赠韦左丞丈》："此意竟萧条，行歌非隐沦。"狎：亲近。隐沦：隐者、隐士。汉桓谭《新论》："天下神人五：一曰神仙，二曰隐沦，三曰

使鬼物，四曰先知，五曰铸凝。”

③分付：付托，寄意。

④清影：清朗的光影，这里是指月光。

又

梦里谁曾与画眉[①]，别来几度燕相窥[②]。

小楼日暮愁无那[③]，折取藤花寄所思[④]。

【笺注】

①画眉：以黛描饰眉毛。《汉书·张敞传》：“敞无威仪……又为妇画眉，长安中传张京兆眉怃。有司以奏敞。上问之，对曰：‘臣闻闺房之内，夫妇之私，有过于画眉者。’”唐朱庆余《近试上张水部》：“妆罢低声问夫婿，画眉深浅入时无？”后遂以“画眉”喻夫妻感情融洽。

②燕相窥：燕子双宿双栖，燕相窥，由此表达自己内心的孤苦。宋秦观《蝶恋花》：“晓日窥轩双燕语，似与佳人，共惜春将暮。”

③无那：犹无奈。无可奈何。

④藤花：即紫藤花，多象征爱情，寄寓相思之情。《花经》记载：“紫藤缘木而上，条蔓纤结，与树连理，瞻彼屈曲蜿蜒之伏，有若蛟龙出没于波涛间。仲春开花。”李白有诗：“紫藤挂云木，花蔓宜阳春。密叶隐歌鸟，香风流美人。”

又

往事惊心玉镜台[①]，分香庭院长莓苔[②]。
百花深护桃源犬[③]，不许潜吟起夜来[④]。

【笺注】

①惊心：内心感到惊惧或震动。玉镜台：晋温峤之玉镜台。《世说新语·假谲》载，温峤北征刘聪，获玉镜台一枚。从姑有女，嘱代觅婿，温有自婚意，因下玉镜台为定。后引申作婚娶聘礼的代称。

②分香：用“分香卖履”之典，喻临死不忘妻妾。晋陆机《吊魏武帝文》序载，东汉末，曹操造铜雀台，临终时吩咐诸妾：“汝等时时登铜雀台，望吾西陵墓田。”又云：“余香可分与诸夫人。诸舍中无为，学作履组卖也。”莓苔：即青苔。晋孙绰《游天台山赋》：“践莓苔之滑石，搏壁立之翠屏。”

③桃源犬：晋陶渊明《桃花源记》：“晋太元中，武陵人捕鱼为业……忽逢桃花林，夹岸数百步……阡陌交通，鸡犬相闻。”

④潜吟：低吟。起夜来：乐府杂曲名。《乐府诗集》卷七五《杂曲歌辞》一五《起夜来》引《乐府解题》：“《起夜来》，其辞意犹念畴昔思君之来也。”

又

长安北望杳茫茫，泣向薰笼忆旧香[①]。

惆怅玉环空寄与[②]，紫薇郎是薄情郎[③]。

【笺注】

①薰笼：有笼覆盖的熏炉，可用以熏烤衣服。唐孟浩然《寒夜》："夜久灯花落，薰笼香气微。"

②玉环：玉制的环形佩饰。寄与：寄送给。南朝宋陆凯《赠范晔》诗："折花逢驿使，寄与陇头人，江南无所有，聊赠一枝春。"

③紫薇郎是薄情郎：唐白居易《紫薇花》："独坐黄昏谁是伴，紫薇花对紫微郎。"紫微，指紫微星垣，汉代用来喻指皇宫。紫薇郎，唐代中书舍人的别称。唐代中书省设在皇宫内，但没几年，紫微名被废弃，复称中书省。《新唐书》卷四十七《百官志二·中书省》："武德三年，改内书省曰中书省，内书令曰中书令。龙朔元年，改中书省曰西台，中书令曰右相。光宅元年，改中书省曰凤阁，中书令曰内史。开元元年，改中书省曰紫微省，中书令曰紫微令。天宝元年曰右相，至大历五年，紫微侍郎乃复为中书侍郎。"

又

珍重娇莺啄柳芽，清狂曾赋压墙花①。
皑皑自许人如雪②，何必丁宁系臂纱③？

【笺注】

①清狂：放逸不羁。晋左思《魏都赋》：“仆党清狂，怵迫闽濮。”

②皑皑：雪白的样子。《意林》卷一引《太公金匮·书刀》：“刀利皑皑，无为汝开。”

③系臂纱：典出《晋书·后妃传上·胡贵嫔》：“泰始九年，帝多简良家子女以充内职，自择其美者以绛纱系臂。”故以“系臂纱”或“系臂”为貌美入选内宫。

又

朝衣欲脱换轻衫①，无恙西风旧布帆②。

秋入玉潭新月冷③，休因索莫怨崔咸④。

【笺注】

①朝衣：君臣上朝时穿的礼服。《孟子·公孙丑上》：“立于恶人之朝，与恶人言，如以朝衣朝冠坐于涂炭。”唐裴度《傍水闲行》：“闲余何事觉身轻，暂脱朝衣傍水行。”

②布帆：布质的船帆，帆船。《晋书·顾恺之传》：“恺之好谐谑，人多爱狎之。后为殷仲堪参军，亦深被眷接。仲堪在荆州，恺之尝因假还，仲堪特以布帆借之，至破冢，遭风大败。恺之与仲堪笺曰：‘地名破冢，真破冢而出。行人安稳，布帆无恙。’”后遂以布帆比喻旅途顺利平安。

③玉潭：清澈的水潭。南朝梁虞骞《视月》：“泠泠玉潭水，映见娥眉月。”

④索莫：寂寞无聊，失意消沉。唐贾岛《即事》：“索漠对孤灯，阴云积几层。”崔咸：唐给事中。《旧唐书·文苑下》：“裴度以勋旧自兴元随表入觐。既至，李逢吉不欲度复入中书。京兆尹刘栖楚，逢吉党也。栖楚等十余人驾肩排度，

而朝士持两端者日拥度门。一日，度留客命酒，栖楚矫求度之欢，曲躬附裴耳而语，咸嫉其矫，举爵罚度曰：‘丞相不当许所由官呫嗫耳语。’度笑而饮之。栖楚不自安，趋出。坐客皆壮之。”

书鲍让侯诗后①

多少才情艳绮霞②，羡君能赋上林花③。
如余砚北浑无事④，只傍红窗枕木瓜⑤。

【笺注】

①鲍让侯：即鲍鼎铨，名允治，字让侯，无锡人。康熙八年（1669）举人，大挑知县，著有《心远堂诗》八卷。

②绮霞：美丽的彩霞。这里代指女子。

③上林：即汉武帝时期的上林苑，故址在今西安市西及周至、户县界。本为秦旧苑，汉初荒废，至汉武帝时重新扩建。此指帝王的园囿。汉赋大家司马相如有著名的鸿文《上林赋》。

④砚北：几案面南，人坐砚北，指从事著作。宋张邦基《墨庄漫录》卷十：“唐段成式书云：‘杯宴之余，常居砚北。’”无事：没有变故，无所事事。

⑤木瓜：木瓜果实有香气。宋朱敦儒《菩萨蛮》：“枕畔木瓜香，晚来清兴长。”

赋得《柳毅传书图》次陈其年韵①

黄陵祠庙白苹洲②，尺幅图成万古愁③。
一自牧羊泾水上④，至今云物不胜秋。

【笺注】

①柳毅传书图：康熙二十年（1681），经纳兰等人的尽力营救，因科场案而被流放的吴兆骞得以离开塞外，最终生还入关。出于感恩，吴兆骞回到京城后，作为揆叙、揆芳的馆师，寓居于纳兰府。康熙二十一年春日某晚，吴兆骞、陈维崧、俞大文宴集于诗人寓所，赏《柳毅传书图》，分韵题咏。席间，诗人次陈维崧韵，吴兆骞次俞大文韵。柳毅传书，唐李朝威作传奇小说《柳毅传》，写男主人公柳毅传书搭救洞庭龙女，后与其结为夫妻。元尚仲贤取材写杂剧《柳毅传书》。此故事常用为典，谓不畏艰险，救人于危难。陈其年，即清代词人、骈文作家陈维崧，字其年，号迦陵，宜兴（今属江苏）人。陈维崧少时作文敏捷，词采瑰玮，为清初“阳羡派”词领袖。清初词坛，陈维崧与朱彝尊并称。

②黄陵祠庙：洞庭湖畔舜二妃墓上建有一亭，一庙，曰黄陵亭、黄陵庙。吴兆骞《集成侍中容若斋赋得柳毅传书图文次俞大文韵》：“洞庭云气晓凭凭，写入银屏照锦灯。”白苹洲：

长满白色苹花的沙洲。唐温庭筠《梦江南》："过尽千帆皆不是，斜晖脉脉水悠悠。肠断白苹洲。"这里意谓伤感、感伤之地。

③尺幅：这里指画卷《柳毅传书图》。

④一自：自从。唐杜甫《复愁》诗之五："一自风尘起，犹嗟行路难。"泾水：据传，洞庭龙女牧羊之地即在泾水附近。吴兆骞诗："今日雨工图上见，却怜侬亦牧羊来。"

⑤云物：景物，景色。

又

花愁雨泣总无伦[1]，憔悴红颜画里真[2]。
试看劈天金锁去，雷霆原恼薄情人[3]。

【笺注】

①无伦：无与匹比。汉扬雄《法言·五百》："贵无敌，富无伦。"李轨注："伦，匹。"

②憔悴红颜：洞庭湖的龙宫三公主。

③试看劈天金锁去，雷霆原恼薄情人：典出《柳毅传》：洞庭君看了柳毅捎回的书信，非常震怒，"大声忽发，天坼地裂，宫殿摆簸，云烟沸涌。俄有赤龙长万余尺，电目血舌，朱鳞火须；项掣金锁，锁牵玉柱；千雷万霆，缴绕其身，霰雪雨雹，一瞬皆下，乃擘青天而飞去"。雷霆，震雷，霹雳，这里指洞庭君震怒。

又

晶帘碧砌玉玲珑[①]，酒滴珍珠日未中[②]。

忽报美人天上落，宝筝筵里尽春风[③]。

【笺注】

①晶帘：水晶帘子，多形容其华美透亮。玉玲珑：洁白晶莹的玉饰。

②酒滴珍珠：语出明无名氏《运甓记·手板击风》："玉壶酒滴珍珠。"珍珠，指酒。

③宝筝筵里尽春风：唐李绅《忆被牛相留醉州中》："银烛坐隅听子夜，宝筝筵上起春风。"

又

凝碧宫寒覆羽觞[①]，洞庭歌罢意茫茫。
玉颜寂寞今依旧，雨鬓风鬟枉断肠[②]。

【笺注】

①羽觞：古时一种鸟雀状，左右形如两翼的酒器，或是插鸟羽于觞，促人速饮。《楚辞·招魂》："瑶浆蜜勺，实羽觞些。"王逸注："羽，翠羽也。觞，觚也。"洪兴祖补注："杯上缀羽，以速饮也。一云作生爵形，实曰觞，虚曰觯。"

②雨鬓风鬟：女子头发蓬松散乱，发髻散乱的样子。清陈维崧《潇湘逢故人慢·题余氏女子绣柳毅传书图为阮亭赋》："正洞庭归客，憔悴思还。牧羊龙女，恰相逢、雨鬓风鬟。"

别荪友口占[1]

离亭人去落花空[2]，潦倒怜君类转蓬[3]。
便是重来寻旧处，萧萧日暮白杨风[4]。

【笺注】

①荪友：指诗人的友人严绳孙。口占：不起草而随口成文。

②离亭：古时建于离城稍远的道旁供人歇息的亭子，往往于此送别。南朝陈阴铿《江津送刘光录不及》诗："泊处空余鸟，离亭已散人。"

③潦倒：颓丧，失意。类转蓬：如同随风飘转的蓬草，此处喻指仕途中的艰难，身不由己。唐李商隐《无题》："余嗟听鼓应官去，走马兰台类转蓬。"

④萧萧日暮白杨风：《古诗十九首·去者日以疏》："白杨多悲风，萧萧愁杀人。"

又

半生余恨楚山孤[①]，今夜送君君去吴[②]。
君去明年今夜月，清光犹照故人无[③]？

【笺注】

①余恨：不尽的恨怒，遗憾。楚山：楚地的山。因为古代吴、楚先后统治过这里，所以吴、楚可以通称。

②今夜送君君去吴：严绳孙本就无意于仕途，但康熙十八年（1679）朝廷调举博学鸿儒，选中被授翰林院检讨，参与《明史》编纂，此后，历任日讲起居注官、山西乡试正考官、右中允兼翰林院编修、承德郎等职。康熙二十四年（1685），严绳孙辞官回家乡隐居。

③君去明年今夜月，清光犹照故人无：《乐府诗集·近代曲辞二·甘州》卷八十："寄君明月镜，偏照故人心。"严绳孙和诗人结识于康熙十四年（1675），成为莫逆之交。此时，诗人正在病中，故而生此感叹。怎奈一语成谶，诗人是年五月便因寒症溘然而逝。

题　照

画出东风别一般，绿窗人静独凭阑①。

就中真色图难就②，最是春山两笔难③。

【笺注】

①绿窗：绿色纱窗。指女子居室。

②就中：其中。真色：犹言本色。

③春山：这里是指女子的眉毛。

塞垣却寄[1]

绝塞山高次第登[2]，阴崖时见隔年冰[3]。
还将妙写簪花手[4]，却向雕鞍试臂鹰[5]。

【笺注】

①塞垣：本指汉代为抵御鲜卑所设的边塞，边关城墙。这里指北方边境地带。

②次第：依次，依照一定的顺序。

③阴崖：背阳的山崖。唐韦应物《怀琅邪深标二释子》："白雪埋大壑，阴崖滴夜泉。"时见：常见。唐李白《访戴天山道士不遇》："树深时见鹿，溪午不闻钟。"

④簪花：插花于冠。清陈康祺《郎潜纪闻》卷三："新进士释褐于国子监，祭酒、司业皆坐彝伦堂，行拜谒簪花礼。"诗人于康熙十五年（1676）补殿试，考中第二甲第七名，赐进士出身，故此处当为诗人的自称。

⑤雕鞍：刻饰花纹的马鞍，此处借指宝马。臂鹰：架鹰于臂，古时多指外出狩猎或嬉游。

又

千重烟水路茫茫[1]，不许征人不望乡。

况是月明无睡夜，尽将前事细思量。

【笺注】

①千重：千层，层层叠叠。烟水：雾霭迷蒙的水面。唐孟浩然《送袁十岭南寻弟》："苍梧白云远，烟水洞庭深。"

又

碎虫零叶共秋声①，诉出龙沙万里情②。

遥想碧窗红烛畔③，玉纤时为数归程④。

【笺注】

①秋声：秋天里自然界，风、落叶、虫鸟等物发出的声音。北周庾信《周谯国公夫人步陆孤氏墓志铭》：“树树秋声，山山寒色。”

②龙沙：即白龙堆。《后汉书·班超传赞》：“定远慷慨，专功西遐。坦步葱雪，咫尺龙沙。”李贤注：“葱岭、雪山，白龙堆沙漠也。”这里当泛指塞外漠北边塞之地，荒漠。

③碧窗：碧纱窗的省称，绿色的纱窗。这里指女子的居室。唐李白《寄远》诗之八：“碧窗纷纷下落花，青楼寂寂空明月。”

④玉纤：纤细如玉的手指，多指美人的手。唐温庭筠《菩萨蛮》：“玉纤弹处珍珠落，流多暗湿铅华薄。”

又

枕函斜月不分明，梦欲成时那得成？
一派西风连角起[①]，寒鸡已到第三声[②]。

【笺注】

①一派西风：清赵吉士《前调》：“一派西风东西春。雨气渐收云渐敛，溶溶。”

②寒鸡：冬日报晓之鸡。唐陆龟蒙《自遣》之二：“心摇只待东窗晓，长媿寒鸡第一声。”

别意

晶帘低映美人蕉[①]，雨歇芳丛点未消[②]。
应是玉鞭归较晚[③]，故从花底坐无聊[④]。

【笺注】

①美人蕉：多年生草本植物，此处为双关用法，表明女子心中的焦灼难耐。

②芳丛：丛生的繁花。

③玉鞭：装饰华美的马鞭，这里借指女子等待的情郎。唐温庭筠《塋篌引》：“公乎跃马扬玉鞭，灭没高蹋日千里。”

④无聊：犹无可奈何。

又

浓香如雾恍难寻，执烛樱桃伴夜深[1]。

惭愧十郎归未得[2]，空题红泪寄焦琴[3]。

【笺注】

①樱桃：喻指女子小而红润的嘴。唐李商隐《赠歌妓》诗之一："红绽樱桃含白雪，断肠声里唱《阳关》。"这里借指女子。

②十郎：唐诗人李益，字君虞，因在家中排第十，故称十郎。这里典用霍小玉和李十郎的凄美爱情故事。李益、小玉一见钟情，小玉担心出身低微，不能与李益长相厮守，李益以缣素书永不相负之盟约，"引谕山河，指诚日月"。二人两年日夜相从，后李益授郑县主簿，离别时，小玉向李益请求八年相爱之期，李益申皎日之誓。李走后，小玉日夜悬想，"怀忧抱恨，终岁有余，羸弱空闺，遂成沉疾"。一天，李益终归，小玉抱怨对方的负心，长恸而绝。

③红泪：晋王嘉《拾遗记·魏》："文帝所爱美人，姓薛名灵芸，常山人也……灵芸闻别父母，歔欷累日，泪下沾衣。至升车就路之时，以玉唾壶承泪，壶则红色。既发常山，及至京师，壶中泪凝如血。"故后以"红泪"称美人泪。焦琴：即

名琴焦尾琴。《后汉书·蔡邕传》："吴人有烧桐以爨者，邕闻火烈之声，知其良木，因请而裁为琴，果有美音，而其尾扰焦，故时人名曰'焦尾琴'焉。"

又

独拥余香冷不胜[①]，残更数尽思腾腾[②]。

今宵便有随风梦，知在红楼第几层[③]？

【笺注】

①余香：残留的香气。

②残更：旧时将一夜分为五更，第五更时称残更。唐沈传师《寄大府兄侍史》：“积雪山阴马过难，残更深夜铁衣寒。”腾腾：不停地翻腾滚动。唐韩偓《倚醉》：“抱柱立时风细细，绕廊行处思腾腾。”

③红楼：富贵人家女子的闺房。唐白居易《秦中吟》：“红楼富家女，金缕绣罗襦。”

又

芭蕉阴暗玉绳斜[①]，风送微凉透碧纱。
记得夜深人未寝，枕边狼借一堆花[②]。

【笺注】

①玉绳：星名，这里比喻雨滴。唐张萧远《兴善寺看雨》："须臾满寺泉声合，百尺飞檐挂玉绳。"

②狼借：纵横散乱的样子。

又

银屏对影自生怜①，正是看花中酒天②。
剪却合欢双带子③，一般牵恨又今年。

【笺注】

①银屏：镶银的屏风。唐白居易《长恨歌》：“揽衣推枕起徘徊，珠箔银屏逦迤开。”

②中酒：醉酒。宋贺铸《减字浣溪沙》：“临水登山漂泊地，落花中酒寂廖天。”宋李壁《阮郎归》：“多情莫惜为留连。落花中酒天。”

③合欢双带：鸳鸯绣带，一种绣有鸳鸯图案的带子。象征男女欢爱的丝带。南北朝陈江总《杂曲》：“合欢锦带鸳鸯鸟，同心绮袖连理枝。”

又

茗碗香炉事事幽[①]，每当相对便无愁。

金笼自结双栖愿[②]，那得齐纨怨早秋[③]？

【笺注】

①茗碗：茶碗。

②双栖：飞禽雌雄共同栖止，比喻夫妻共处。《花月痕》第四十五回："双栖成泡影，剩两行红泪，伤心者何以哭之？"

③齐纨：齐地出产的白细绢。借指团扇。

暮春见红梅作简梁汾

杏花庭院月如弓，又见江梅一瓣红[①]。
知是东皇深着意[②]，教他终始领春风[③]。

【笺注】

①江梅：野生的一种梅花。宋范成大《梅谱》："江梅，遗核野生、不经栽接者，又名直脚梅，或谓之野梅。凡山间水滨荒寒清绝之趣，皆此本也。花稍小而疏瘦有韵，香最清，实小而硬。"

②东皇：司春之神。宋姜夔《卜算子·梅花八咏》："长信昨来看，忆共东皇醉。此树婆娑一惘然，苔藓生春意。"

③终始：从开头到结局，始终。《礼记·大学》："物有本末，事有终始，知所先后，则近道矣。"因在暮春时间还能看到红色的江梅，故曰"终始领春风"。

咏絮[①]

落尽深红绿叶稠[②]，旋看轻絮扑帘钩[③]。

怜他借得东风力，飞去为萍入御沟[④]。

【笺注】

①咏絮：此诗看似咏物，实是以物喻人。

②深红：代指春季绽放的鲜花。

③帘钩：本为挂卷床幔的钩子。古人有时会卧床赏景，倘若月亮正巧出现在帘钩亦可的位置，故以帘钩比作月亮。明施绍翠《梦江南·秋思》："雨雁带愁横浦树，风花惊梦扑帘钩。"

④飞去萍：宋苏轼《水龙吟·次韵章质夫杨花词》："不恨此花飞尽，恨西园、落红难缀。晓来两过，遗踪何在？一池萍碎。"中有自注："杨花落水为浮萍，验之信然。"今天看来实则不然。萍：即浮萍。御沟：即皇宫宫墙外的护城河，又称禁沟。

初夏月偕仲弟作[1]

云母窗扉夜不扃[2]，露华和月满中庭[3]。
可怜春去无多日，已怯微暄敞画屏[4]。

【笺注】

①仲弟：即纳兰明珠的次子，纳兰揆叙。

②云母：一种矿石，因其薄片半透明，具有光泽，隔热，耐潮防腐，古人常用其作为窗户上的装饰。扃（jiōng）：关闭。南朝宋颜延之《阳给事诔》："金柝夜击，和门昼扃。"

③露华：清冷的月光。中庭：庭院，庭院之中。汉司马相如《上林赋》："醴泉涌于清室，通川过于中庭。"

④暄（xuān）：炎热。

龙泉寺书经岩叔扇[1]

雨歇香台散晚霞[2]，玉轮轻碾一泓沙[3]。
来春合向龙泉寺[4]，方便风前检较花[5]。

【笺注】

①龙泉寺：龙泉寺始建于辽代，位于北京西山凤凰岭山脚下。经岩叔：诗人的友人经纶，字岩叔，浙江余姚人。

②香台：烧香的台子，佛殿的别称。唐卢照邻《游昌化山精舍》："宝地乘峰出，香台接汉高。"

③玉轮：月的别名。唐元稹《月三十韵》："绛河冰鉴朗，黄道玉轮巍。"泓（hóng）：量词，相当于"片""道"。清何鼎《庆春泽》："几阵东风，数番社雨，一泓绿遍汀沙。"

④来春：明年春天。

⑤检较：查考校勘。这里有细细赏花之意。

又

绣幡风定昼愔愔①，证取莲花不染心②。
佛法自来空色相③，当年何事苦吞针④？

【笺注】

①愔愔：幽深貌，悄寂貌。汉蔡琰《胡笳十八拍》："雁飞高兮邈难寻，空肠断兮思愔愔。"

②莲花：喻佛门的妙法。明李贽《观音问》："若无国土，则阿弥陀佛为假名，莲华为假相，接引为假说。"

③空色相：佛法中四大皆空之相。

④当年何事苦吞针：此句指西域高僧鸠摩罗什法师证修为而吞针之事。《晋书·艺术·鸠摩罗什传》："（姚）兴（南北朝时代后秦国主）尝对罗什说：'大师聪明超悟，天下莫二，何可使法种少嗣。'遂以伎女十人，逼令受之。尔后不住僧坊，别立解舍，诸僧多效之。什乃聚针盈钵，引诸僧谓之曰：'若能见效食此者，乃可畜（蓄）室耳。'因举匕进针，与常食不别，诸僧愧服乃止。"

柳枝词

一枝春色又藏鸦[①]，白石清溪望不赊[②]。

自是多情便多絮[③]，随风直到谢娘家[④]。

【笺注】

①一枝春色又藏鸦：一枝柳枝已经能隐藏乌鸦的身影，可见春色已深。

②赊：指距离远。晋葛洪《抱朴子·至理》："岂能弃交修赊，抑遗嗜好，割目下之近欲，修难成之远功哉！"

③絮：即柳絮，这里是双关的用法，"絮"与"绪"双关。

④谢娘：指晋王凝之妻谢道韫。据南朝宋刘义庆《世说新语·言语》载："谢安尝于雪天与子侄集会论文赋诗。俄而雪骤，安欣然曰：'白雪纷纷何所似？'侄儿谢朗曰：'撒盐空中差可拟。'侄女谢道韫曰：'未若柳絮因风起。'安大笑乐。"后遂以"谢娘"作为才女的代称。唐韩翃《送李舍人携家归江东觐省》："承颜陆郎去，携手谢娘归。"

又

春到江南春草生，乍惊摇曳扑帘旌[1]。
黄鹂无语昏鸦起，深闭重门待月明[2]。

【笺注】

①乍（zhà）：突然，忽然。帘旌：帘端所缀之布帛，泛指帘幕。唐李商隐《正月崇让宅》：“蝙拂帘旌终展转，鼠翻窗网小惊猜。”冯浩笺注：“帘旌，帘端施帛也。”

②重门：内室的门。

又

七香车过殷轻雷[①]，十里红楼照水开[②]。
遥指玉鞭鞭白马，柳阴阴下是郎来。

【笺注】

①七香车：用多种香料涂饰或用多种香木制作的车，泛指华美的车。三国魏曹操《与太尉杨彪书》："今赠足下……画轮四望通幰七香车一乘，青牸牛二头。"殷：雷声。轻雷：响声不大的雷，隐隐的雷声。唐高适《陪窦侍御灵云南亭宴诗得雷字》："新秋归远树，残雨拥轻雷。"

②红楼：指华美的楼房，尤指富家女子的住处。五代前蜀韦庄《长安春》："长安春色本无主，古来尽属红楼女。"

又

水亭无事对斜阳[1]，宛地轻阴却过墙[2]。

休折长条惹轻絮，春风何处不回肠[3]。

【笺注】

①水亭：临水的亭子。唐杜审言《夏日过郑七山斋》：“薜萝山径入，荷芰水亭开。”

②宛地：犹拂地。唐沈佺期《折杨柳》：“拭泪攀杨柳，长条宛地垂。”轻阴：微阴的天色。

③回肠：形容内心焦虑不安，仿佛肠子被牵转一般。战国楚宋玉《高唐赋》：“感心动耳，回肠伤气。”

又

何处纤腰不可怜①，缠头抛与沈郎钱②。
女儿睡觉推窗看③，忽忆迎欢旧系船④。

【笺注】

①纤腰：细腰美女。宋苏轼《姝丽不肯开樽》："莫嫌衰鬓聊相映，须得纤腰与共回。"

②缠头：古时歌舞艺人表演完毕，客以罗锦为赠，称"缠头"。唐杜甫《即事》诗："笑时花近眼，舞罢锦缠头。"《太平御览》八百一十五引《唐书》："旧俗，赏歌舞人，以锦彩置之头上，谓之'缠头'。"沈郎钱：晋沈充所铸。《晋书·食货志》："晋自中原丧乱，元帝过江，用孙氏旧钱，轻重杂行。大者谓之比轮，中者谓之四文；吴兴沈充又铸小钱，谓之'沈郎钱'。"

③睡觉（jué）：睡醒。宋程颢《秋日偶成》："闲来无事不从客，睡觉东窗日已红。"

④迎欢：寻欢逢迎。唐黄滔《送人往苏州觐其兄》诗："迎欢酒醒山当枕，咏古诗成月在楼。"

又

永丰坊里谢啼鹃[①]，移植红泥曲槛边[②]。

凉月一帘思往事[③]，是他曾与伴无眠。

【笺注】

①永丰：即永丰柳的省称。唐时洛阳永丰坊西南角园中，有垂柳一株，柔条极茂，白居易因赋《杨柳枝词》云：“一树春风千万枝，嫩如金色软如丝。永丰西角荒园里，尽日无人属阿谁。”后传入乐府，遍流京师。唐宣宗闻之，下诏取其两枝植于禁苑中。后以“永丰柳”泛指园柳。谢：凋零，衰败。啼鹃：即杜鹃花。

②红泥：落红成泥。

③凉月：秋月。南朝齐谢朓《移病还园示亲属》：“停琴伫凉月，灭烛听归鸿。”

又

人去楼空属阿谁①，月明惟见影垂垂②。
寻常已是堪愁绝，何况春来赠别离？

【笺注】

①阿谁：疑问代词，谁，何人。《乐府诗集·横吹曲辞五·紫骝马歌辞》：“十五从军征，八十始得归。道逢乡里人：‘家中有阿谁？’”

②月明：月亮，月光。唐李益《从军北征》：“碛里征人三十万，一时回向月明看。”垂垂：延伸的样子。明王韦《阁试春阴诗》：“野色垂垂十余里，草绿柔茵低迤逦。”宋李振祖《浪淘沙》：“认得一船杨柳外，帘影垂垂。”

又

何事凭阑怨月明，乍晴楼阁倍晶莹[①]。
相思一夕溪流涨，倒影丝丝拂水平[②]。

【笺注】

①晶莹：月光明亮而透澈。

②丝丝：形容细微的感觉，犹一些、一点。宋苏轼《江上值雪效欧阳体》："江空野阔落不见，入户但觉轻丝丝。"

又

绿到长干第几桥[①]，晚晴帘幕隔吹箫[②]？
前身自是轻狂甚[③]，嫁得东风带水飘。

【笺注】

①长干（gān）：古建康里巷名，故址在今江苏省南京市南。《文选·左思〈三都赋〉》："长干延属，飞甍舛互。"刘逵注："江东谓山冈闲为'干'。建邺之南有山，其闲平地，吏民居之，故号为'干'。中有大长干、小长干，皆相属。"此处当是泛指京城里的街巷。

②晚晴：傍晚晴朗。

③轻狂：放浪轻浮。这里喻指柳絮。宋晏几道《浣溪沙》："行云飞絮共轻狂，不将心嫁冶游郎。"

又

辛夷开罢絮纷纷①，青粉墙头日未曛②。
记得个人春病起③，是他萦惹绿罗裙④。

【笺注】

①辛夷：木兰的别称，及开则似莲花而小如盏，紫苞红焰，作莲及兰花香，亦有白色。《楚辞·九歌·湘夫人》："桂栋兮兰橑，辛夷楣兮药房。"洪兴祖补注："《本草》云：辛夷，树大连合抱，高数仞。此花初发如笔，北人呼为木笔。其花最早，南人呼为迎春。"

②青粉墙头：青灰色的院墙。唐代无名氏《小秦王》："柳条金软不胜鸦，青粉墙头道韫家。"

③个人：那人，多指所爱的人。春病：相思之病。宋孙光宪《浣溪沙》："长有梦魂迷别浦，岂无春病入离心。"

④萦惹：牵缠，招引。明高启《石州慢·春思》："十年梦断青楼，情随柳絮犹萦惹。"罗裙：丝罗制的裙子，即古时女子衣裙。南朝梁江淹《别赋》："攀桃李兮不忍别，送爱子兮沾罗裙。"绿罗裙，这里指身穿绿罗裙的女子。

又

手绾长条倚水楼，困人风日懒梳头[①]。

蒙蒙一抹催花雨[②]，半系斑骓半系舟[③]。

【笺注】

①困人：使人困倦。宋苏轼《浣溪沙》词：“困人天气近清明。”清尤珍《前调·春情》：“有底心情不自由，困人天气懒梳头，绿杨一带映妆楼。”

②蒙蒙：迷茫的样子。《诗·豳风·东山》：“零雨其蒙。”汉郑玄笺：“归又道遇雨，蒙蒙然。”催花雨：谓春雨。宋晏几道《泛清波摘遍》：“催花雨下，著柳风柔，都似去年时候好。”

③斑骓：毛色青白相杂的骏马，代指骏马。唐李商隐《春游》：“桥峻斑骓疾，川长白鸟高。”

又

软风吹雪带微香[①]，曾向珠楼扫钿床[②]。

塘上鸳鸯三十六[③]，只今何处月茫茫[④]？

【笺注】

①软风：和风。唐温庭筠《郭处士击瓯歌》："吾闻三十六宫花离离，软风吹春星斗稀。"

②珠楼：华丽的楼阁。钿床：嵌金宝装饰华美的床。

③鸳鸯三十六：《玉台新咏笺注》引谢氏《诗源》："霍光园中凿大池，植五色睡莲，养鸳鸯三十六对，望之烂若披锦。"三十六，约计之词，极言其多。《文选·班固〈西都赋〉》："离宫别馆，三十六所。"李善注："离别，非一所也。《上林赋》曰：离宫别馆，弥山跨谷。"

④只今：如今，现在。唐李白《苏台览古》："只今惟有西江月，曾照吴王宫里人。"

又

风过游丝卷落花①，又随飞絮上檐牙②。
东邻为约清明后③，陌上轻衫共采茶。

【笺注】

①游丝：春天树上（尤其杨柳）昆虫吐的丝飘荡在空中，故称。南朝梁沈约《三月三日率尔成篇》："游丝映空转，高杨拂地垂。"

②檐牙：檐际翘出如牙的部分。唐杜牧《阿房宫赋》："廊腰缦回，檐牙高啄。"

③东邻：战国楚宋玉《登徒子好色赋》："楚国之丽者，莫若臣里，臣里之美者，莫若臣东家之子。"后因以"东邻"指美女。

又

一水萦回雁齿桥①，红泥亭搭绿丝绦②。

浔阳纵有麻姑信③，春雨春风自寂寥。

【笺注】

①萦回：盘旋往复。雁齿桥：唐白居易《新春江次》："鸭头新绿水，雁齿小红桥。"宋张先《破阵乐·钱塘》："雁齿桥红，裙腰草绿，云际寺、林下路。"雁齿，喻桥的台阶。庾信《温汤碑记》："仍为雁齿之阶。"倪璠注："雁齿，阶级也。"

②红泥亭：红色的亭子，犹长亭。古时供人休憩，多为送别之处。唐李白《鲁郡尧祠窦明府薄华还西京》："红泥亭子赤栏干，碧流环转青锦湍。"清严绳孙《杨柳枝》："红泥亭外莺声里，数遍轻帆第几桥。"

③浔阳：长江流经江西省九江市北的一段。麻姑：道教神话中的仙女，据传在浔阳悟道。唐颜真卿《抚州南城县麻姑山仙坛记》云："按《图经》，南城县有麻姑山，顶有古坛，相传云麻姑于此得道。"麻姑山，在今江西浔阳。唐顾况《题叶道士山房》："近得麻姑音信否，浔阳江上不通潮。"

又

细细萍吹水面风，百花飞尽绿阴同。
别离管尽人如昨①，罗袖长垂玉筯红②。

【笺注】

①如昨：宛如昨天一般，记忆犹新。

②玉筯红：即红泪，女子的眼泪。典出旧题晋王嘉《拾遗记》卷七《魏》："时文帝选良家子女，以入六宫。习以千金宝赂聘之。既得，便以献文帝。灵芸闻别父母，歔欷累日，泪下沾衣。至升车就路之时，以玉唾壶盛泪壶中，即如红色。既发常山，及至京师，壶中泪凝如血。"玉筯，本为玉制的筷子，此处喻为两行眼泪。

又

休栽杨柳只栽桐①，待凤藏鸦好尽空②。
不见胥台明月夜③，一池黄叶但西风。

【笺注】

①栽桐：即栽种梧桐树。古时，认为梧桐是凤凰、鸾鸟之类的祥瑞之鸟栖止之木。《诗·大雅·卷阿》："凤凰鸣矣，于彼高冈。梧桐生矣，于彼朝阳。"孔颖达疏："梧桐可以为琴瑟。"《庄子·秋水》："夫鹓雏（传说中与鸾凤同类的鸟）发于南海，而飞于北海，非梧桐不止。"

②待凤藏鸦好尽空：使用双关手法，寓意一心"只栽种梧桐，不栽种杨柳，待凤凰来"这种所谓的好事，结果却是竹篮打水一场空。

③胥台：即姑苏台。在姑苏山上，相传为吴王夫差所筑。《墨子·非攻中》："（夫差）遂筑姑苏之台，七年不成。"孙诒让《墨子间诂》："按《国语》以筑姑苏为夫差事，与此书正合……《越绝》以姑苏为阖闾所筑，疑误。"吴被越灭后，姑苏台被焚毁。

上元竹枝词[1]

碧落箫声转玉壶[2]，踏灯随处笑相呼[3]。
相逢若个能相赏，消得金霞照夜珠[4]。

【笺注】

①竹枝词：唐代乐府曲名。唐刘禹锡被贬夔州时，将当地民歌《竹枝词》改写为文人的诗体。竹枝词“志土风而详习尚”，以吟咏风土为其主要特色。

②碧落：道教语。天空，青天。唐杨炯《和辅先入昊天观星瞻》：“碧落三千外，黄图四海中。”玉壶：喻明月。宋曾觌《水龙吟》：“银蟾台榭，玉壶天地，参差桂影。”

③踏灯：元宵节去灯市看灯。

④金霞：女子穿着的点缀有金饰的霞帔。夜珠：即夜明珠，这里指烟火。

又

舞散应怜化彩云[1]，尽收红紫付东君[2]。
长安一片团圆月，只有秧歌彻晓闻[3]。

【笺注】

①舞散应怜化彩云：唐李白《宫中行乐词八首》："只愁歌舞散，化作彩云飞。"

②红紫：红花与紫花。宋韩维《送孔先生还山》："东风吹百花，红紫满岩谷。"东君：春神。唐无名氏《花》："小隐园中百本花，各随红紫发新芽。东君见借阳和力，尽在公侯富贵家。"

③彻晓：犹彻旦。《金华子杂编》卷上引唐陆翱《宴赵氏北楼》："本为愁人设，愁人彻晓愁。"

又

天上朱轮绣幰车[①]，几看春色到梅花？
而今却畏春寒甚，独掩重门自试茶[②]。

【笺注】

①朱轮：朱红漆轮，古时只有禄至二千石以上的王侯显贵才能乘坐的车子。幰车：施有帘幔的车子。幰，车上的帐幔。晋潘岳《籍田赋》："微风生于轻幰兮，纤埃起于朱轮。"

②重门：屋内之门。明陈汝元《金莲记·闺咏》："锁香闺慵窥蝶翅，掩重门休看蜂队。"试茶：品茶。明徐夜《侍家叔夜生试茶》："钟静闻空籁，茶香汲夜泉。"

又

半落银灯爆麝煤[1]，似闻秾李踏歌回[2]。
上清更有新翻曲[3]，不许琼签傍晓催[4]。

【笺注】

①麝煤：麝墨。宋杨万里《送罗永年西归》：“南溪鸥鹭如相问，为报春吟费麝煤。”

②秾李：当为“踏歌”之人的名字。踏歌：行吟，边走边歌。此处演唱的或为上诗中的“秧歌”。

③上清：据《太平广记》卷二百七十五引《异闻集》所载，唐柳珵《上清传》云，丞相窦参为政敌所诬，自知将败，嘱其婢上清入宫为婢，为之辩白，上清后果入宫，向德宗辩其诬。后因此以“上清”称婢。新翻：新改编。

④琼签：漏箭的美称。唐温庭筠《湘东宴曲》：“重城漏断孤帆去，惟恐琼签报天曙。”

又柳枝词

长条短叶漾东风[①]，寒食青郊处处同[②]。
不待含烟兼带雨[③]，春山一半绿纱中[④]。

【笺注】

①长条短叶漾东风：明夏完淳《一剪梅》："长条短叶翠蒙蒙。才过西风。又过东风。"

②青郊：春天的郊野。唐陈子昂《三月三日宴王明府山亭》："青郊树密，翠渚萍新。"

③含烟：夹带着云雾之气。

④春山：春日的山峦。

又

马卿苦忆红泥阁[①]，我亦伤心碧树村。
病骨沉绵词客死[②]，更谁攀折与招魂[③]。

绿杨天半红泥阁，朱槿风前翠袖人。亡友马孝廉云翎《柳枝词》。

【笺注】

①马卿：即诗人的好友马云翎，名羽中，字云翎，无锡人，康熙十一年（1672）举人，康熙十七（1678）年在京参加会试，落第后南归，当年秋天卒。红泥阁：犹红泥亭。

②病骨：多病瘦损的身躯。沉绵：深切长久，程度深。多比喻长期被疾病或琐事纠缠。

③攀折：拉折，折取。攀折与招魂，这里指折取柏树枝条为亡者招魂。

又

池上闲房碧树围[1]，帘文如縠上斜晖[2]。

生憎飞絮吹难定[3]，一出红窗便不归。

【笺注】

①闲房：空宽寂静的房屋。碧树：绿树。

②帘文：帘子上的花纹。文，通“纹”。縠（hú）：绉纱，质地细薄，表面自然绉缩而显得凹凸不平。《汉书·江充传》：“充衣纱縠禅衣。”颜师古注：“纱縠，纺丝而织之也。轻者为纱，绉者为縠。”

③生憎：最恨，偏恨。唐罗隐《柳枝词》：“自家飞絮犹无定，争解垂丝绊路人。”

又

翠袖寒轻立画桥[①]，江讴越吹激山椒[②]。
看来都未关情绪[③]，别向东风弄柳条。

【笺注】

①翠袖：女子装束中青绿色的衣袖。这里代指女子。宋辛弃疾《水龙吟·登建康赏心亭》："倩何人唤取，红巾翠袖，揾英雄泪？"画桥：雕饰华丽的桥梁。

②江讴：江浙一带的民间歌曲。唐王勃《采莲曲》："叶屿花潭极望平，江讴越吹相思苦。"山椒：山顶。《文选·谢庄〈月赋〉》："洞庭始波，木叶微脱；菊散芳于山椒，雁流哀于江濑。"李善注："山椒，山顶也。"

③关情绪：牵系感情。宋卢祖皋《鱼游春水》："都负岁时，暗关情绪。"

又

只恐随风化彩云①，梦回酒醒怨斜曛②。
陌头自领行人意③，可奈闲来便见君④。

【笺注】

①随风：任凭风吹而不由自主。《文选·司马相如〈上林赋〉》："汎淫泛滥，随风淡淡。与波摇荡，奄薄水渚。"郭璞注："皆鸟任风波自纵漂貌也。"

②斜曛：落日的余晖。

③陌头：路上，路旁。

④可奈：怎奈，可恨。南唐李煜《采桑子》："可奈情怀，欲睡朦胧入梦来。"

又

三春何处系人情①，惟有垂杨傍户明②。

月到帘栊遮不断③，雨来池馆听无声④。

【笺注】

①三春：此处指春天的第三个月，暮春。人情：人心，众人的情绪、愿望。清方文《初晴》：“久雨初晴候，人情分外欢。”

②垂杨：即垂柳。古诗文中杨柳常通用。南朝齐谢朓《隋王鼓吹曲·入朝曲》：“飞甍夹驰道，垂杨荫御沟。”

③帘栊：窗帘和窗牖，门窗的帘子。南朝梁江淹《杂体诗·效张华〈离情〉》：“秋月映帘笼，悬光入丹墀。”

④池馆：池苑馆舍。南朝齐谢朓《游后园赋》：“惠气湛兮帷殿肃，清阴起兮池馆凉。”

又

萧条齐映白蘋洲①，宛转青蛾恨未休②。
梅雨过时憔悴了③，年年无绪到清秋④。

【笺注】

①萧条：消瘦貌。明唐寅《题画白乐天》："苏州刺史白尚书，病骨萧条酒盏疏。"

②青蛾：青黛画的美人双眉。

③梅雨：初夏产生在江淮流域持续较长的阴雨天气。因时值梅子黄熟，故亦称黄梅天。《太平御览》卷九百七十引汉应劭《风俗通》："五月有落梅风，江淮以为信风。又有霜霪，号为梅雨，沾衣服皆败黦。"宋晏几道《鹧鸪天》："梅雨细，晓风微。倚楼人听欲沾衣。"

④无绪：没有情绪。宋柳永《雨霖铃》："都门帐饮无绪，留恋处、兰舟催发。"清秋：明净爽朗的秋天。

又

密护轩窗障小楼[①]，从今不作少年游。

一生几许心闲日[②]，不见相思见又愁。

【笺注】

①轩窗：窗户。唐孟浩然《同王九题就师山房》：“轩窗避炎暑，翰墨动新文。”障：遮挡，遮蔽。

②几许：多少，若干。

杂　题

岩扉日日望城闉[1]，近水谁家背市尘[2]？
白板窗齐乌桕树[3]，红衫飘曳上楼人。

【笺注】

①岩扉：岩洞的门。借指隐士的住处。城闉（yīn）：城内重门，亦指城郭。《文选·谢庄〈宋孝武宣贵妃诔〉》：“崇徽章而出寰甸，照殊策而去城闉。”李善注：“闉，城曲重门也。”

②市尘：喻指城市的喧嚣。宋陆游《东窗小酌》：“市尘远不到林塘，嫩暑轩窗昼漏长。”

③白板：不施油漆的木门。乌桕（jiù）树：以乌喜食而得名。俗名木梓树，五月开细黄白花。深秋，叶子由绿变紫、变红。宋代林和靖诗：“巾子峰头乌桕树，微霜未落已先红。”

又

碧嶂夫容不可攀①，闲听客话钓台间②。
惟应短棹迎潮去③，雷殷空江看雪山④。

【笺注】

①碧嶂：青绿色如屏障的山峰。唐李白《忆襄阳旧游赠马少府巨》："开窗碧嶂满，拂镜沧江流。"夫容：即芙蓉，荷花的别名。

②钓台：钓鱼台，东汉严子陵，隐于今浙江桐庐城西十五公里的富春山上的垂钓之处。钓台处有石亭，临江有严先生祠。

③短棹：划船用的小桨，此处借指小船。唐戴叔伦《泛舟》："孤尊秋露滑，短棹晚烟迷。"

④雷殷：隐隐然的雷声，雷声隐隐。唐杜甫《江阁对雨怀裴端公》："层阁凭雷殷，长空水面文。"仇兆鳌注："言雷声隐隐也。"空江：浩瀚寂静的江面。

又

亦有闲园临水裔[1]，行来棋响渐丁丁[2]。
新阴四面无穷竹[3]，一径中通白石亭。

【笺注】

①闲园：荒园；空置之园。水裔：水边。《楚辞·九歌·湘夫人》："麋何食兮庭中？蛟何为兮水裔？"洪兴祖补注："裔，边也，末也。"

②行来：走来。棋响：弈棋中落子时发出的声响。丁丁：象声词，形容棋子落下时的声音。清王度《前调》："沸沸茶铛，丁丁棋韵，况兼吹笛。"

③新阴：春夏之交，新生枝叶逐渐茂密而形成的树荫。

又

碧城西去面山椒[①]，细路缘堤未觉遥[②]。
日上丽谯看浴马[③]，千章高柳赤阑桥[④]。

【笺注】

①碧城：仙人所居之处。《太平御览》卷六百七十四引《上清经》："元始（元始天尊）居紫云之阙，碧霞为城。"

②细路：狭小的路径。唐杜甫《山寺》："野寺残僧少，山园细路高。"

③丽谯：华丽的高楼。《庄子·徐无鬼》："君亦必无盛鹤列于丽谯之间。"郭象注："丽谯，高楼也。"成玄英疏："言其华丽嶕峣也。"

④千章：大树千株。赤阑桥：又称赤栏桥，赤红栏杆的桥，在安徽合肥城南。因与南宋词人姜夔有一段情缘，常为诗人所歌咏。姜夔怡情山水，青年时多次来到合肥，居住在城南赤阑桥畔。在这里，他爱上了桥边的两歌女。姜夔为情所累，被两姐妹批评，并在素笺上写："酒磨壮志，花消英气。国家有难，岂能熟视？"姜夔读后非常羞愧，暂别赤阑桥，参加了抗金战斗。胜后回到赤阑桥，发现人去楼空桥毁，两姐妹也没有了下落。几经打听，才得知二人不堪金兵所辱，跳河自杀。

姜夔得知后，痛哭万分，此后写了很多怀念两姐妹的爱情诗词。宋姜夔《一萼红·古城阴》：“穿径而南，官梅数十株，如椒、如菽，或红破白露，枝影扶疏。”这首词“托兴梅柳，以梅起柳结”，记合肥情事。

从军曲

细柳门开部曲闲①，元戎亲送六飞还②。
预陈辟谷他年志③，许赐华阳十里山④。

【笺注】

①细柳：即细柳营，纪律严明的军营。《史记·绛侯世家》载，汉文帝时，周亚夫为将军，屯军细柳。帝自劳军，至细柳营，因无军令而不得入。于是使使者持节诏将军，亚夫传令开壁门。既入，帝按辔徐行。至营，亚夫以军礼见，成礼而去。帝曰："此真将军矣！曩者霸上，棘门军，若儿戏耳！"部曲：古代军队编制单位。大将军营五部，校尉一人；部有曲，曲有军候一人。这里借指军队。

②元戎：主将，统帅。六飞：即六騑，古时皇帝的车驾六马，疾行如飞，故名。《史记·袁盎晁错列传》："今陛下骋六騑，驰下峻山。"裴骃《集解》引如淳曰："六马之疾若飞。"后借以指称皇帝的车驾或皇帝。

③辟谷：道教的一种修炼术，不食五谷。辟谷时，仍食药物，并须兼做导引等工夫。《史记·留侯世家》："张良乃学辟谷，道引轻身。"

④许赐华阳十里山：据《史记·留侯世家》载，张良辅

佐汉高祖统一天下后，提出请求赏赐华阳十里，“愿弃人间事，从赤松子游”，有意追随道教的神仙赤松子，就此避世修仙，隐居山林。

又

锦衾千里惜余香[①]，独宿天山五月凉[②]。

梦断荒城天欲晓[③]，李陵祠下月如霜[④]。

【笺注】

①锦衾：锦缎的被子。

②独宿：独眠。

③荒城：荒凉的古城。唐杜甫《谒先主庙》："绝域归舟远，荒城系马频。"

④李陵：李陵，字少卿，汉族，西汉陇西成纪（今甘肃静宁西南）人，名将李广之孙。武帝时为骑都尉，率军五千人与匈奴作战，力战，矢尽援绝，战败降匈奴，汉朝夷其三族，致使他与汉朝断绝关系。居匈奴二十余年，病死。李陵祠，史籍未有确切记载，传说则有多处，大都在今甘肃、内蒙古一带。

艳　歌

红烛迎人翠袖垂①，相逢长在二更时②。
情深不向横陈尽③，见面消魂去后思④。

【笺注】

①翠袖：青绿色的衣袖。

②长：常常，经常。《庄子·秋水》：“吾长见笑于大方之家。”二更：又称二鼓，晚上九时至十一时。唐王维《秋夜独坐》：“独坐悲双鬓，空堂欲二更。”

③横陈：横卧。这里指躺在床上的妻子。唐李商隐《北齐》诗之一：“小怜玉体横陈夜，已报周师入晋阳。”

④消魂：又作销魂。这里用来男女欢爱时的极度快乐。

又

欢近三更短梦休，一宵才得半风流[①]。

霜浓月落开帘去，暗触玎玲碧玉钩[②]。

【笺注】

①风流：男女私情事。宋陈师道《踏莎行》："重门深院帘帷静。又还日日唤愁生，到谁准拟风流病。"

②玎玲：象声词，玉饰相碰之声。碧玉钩：碧玉制成的玉钩，用于钩挂床帘。

又

细语回延似属丝[①]，月明书院可相思[②]。

墙头无限新开桂，不为儿家折一枝[③]？

【笺注】

①细语：低声细说。唐李端《拜新月》：“细语人不闻，北风吹裙带。”属丝：指属丝言。如丝般连续而细微的话语。

②月明书院可相思：康熙十二年（1673），诗人因病错过了癸丑科廷试。次年，病愈后，诗人常常起早贪黑在国子监读书。但当他在书院翻开书卷时，耳边仍回延着妻子的细语。

③墙头无限新开桂，不为儿家折一枝：典出《晋书·郄诜传》：“武帝于东堂会送，问诜曰：‘卿自以为何如?’诜对曰：‘臣举贤良对策，为天下第一，犹桂林之一枝，昆山之片玉。’”后世以“折桂”谓科举及第。唐杜甫《同豆卢峰知字韵》：“梦兰他日应，折桂早年知。”

又

洛神风格丽娟肌[①]，不见卢郎年少时[②]。
无限深情为郎尽，一身才易数篇诗[③]。

【笺注】

①洛神：传说中的洛水女神，即宓妃，此指代美女。三国魏曹有《洛神赋》，对其风姿仪态有叙写。丽娟：汉武帝所宠爱的宫女名，是卫子夫向汉武帝敬献的。这里指美女。《洞冥记》:“帝所幸宫人，名丽娟，年十四，玉肤柔软，吹气胜兰。”

②不见卢郎年少时：典出宋钱易《南部新书》丁：“卢家有子弟，年已暮犹为校书郎，晚娶崔氏女，崔有词翰，结褵之后，微有慊色。卢因请诗以述怀为戏。崔立成诗曰：‘不怨卢郎年纪大，不怨卢郎官职卑，自恨妾身生较晚，不见卢郎年少时。’”

③无限深情为郎尽，一身才易数篇诗：典出卢充幽婚。《搜神记》卷十六《卢充》载，范阳卢充与崔少府女幽婚。别后四年，三月三日，充于水旁遇二犊车，见崔氏女与三岁男共载。“女抱儿还充，又与金鋺，并赠诗曰：‘煌煌灵芝质，光丽何猗猗！华艳当时显，嘉异表神奇。含英未及秀，中夏罹霜

萎。荣耀长幽灭，世路永无施。不悟阴阳运，哲人忽来仪。会浅离别速，皆由灵与只。何以赠余亲，金鋺可颐儿。恩爱从此别，断肠伤肝脾。'”

缑山曲[①]

刘郎西阁阮郎东[②]，嬴女吹箫别故宫[③]。
嫁尽仙姬春寂寞[④]，独留鸡犬护花丛。

【笺注】

①缑（gōu）山：即缑氏山，在今河南省偃师县。汉刘向《列仙传·王子乔》："王子乔者，周灵王太子晋也。好吹笙，作凤凰鸣。游伊洛之间，道士浮丘公接以上嵩高山。三十余年后，求之于山上，见桓良曰：'告我家：七月七日待我于缑氏山巅。'至时，果乘白鹤驻山头，望之不得到，举手谢时人，数日而去。"后遂以缑山代指修道成仙之处。唐李白《凤笙篇》："绿云紫气向函关，访道应寻缑氏山。"

②刘郎西阁阮郎东：南朝宋刘义庆《幽明录》载，相传东汉永平年间，浙江剡县人刘晨和阮肇入天台山采药，为仙女所邀，留半年，求归，抵家子孙已七世。后以"刘郎"和"阮郎"之典比喻"成仙而去"。

③嬴女：即秦穆公的女儿弄玉。《列仙传·卷上·萧史》："萧史善吹箫，作凤鸣。秦穆公以女弄玉妻之，作凤楼，教弄玉吹箫，感凤来集，弄玉乘凤、萧史乘龙，夫妇同仙去。"

④仙姬：仙女。明屠隆《彩毫记·蓬莱传信》："仙姬住蓬岛，犹复忆人间。"

又

人间曾见杜兰香[①]，乱点明珰压绣裳[②]。
今日素衣翻贝叶[③]，一灯风雨拜空王[④]。

【笺注】

①杜兰香：神话传说中的仙女。《墉城仙录》："杜兰香者，有渔父于湘江之岸见啼声，四顾无人，唯一二岁女子，渔父怜而举之。十余岁，天姿奇伟，灵颜姝莹，天人也。忽有青童自空下，集其家，携女去，归升天。谓渔父曰：'我仙女也，有过，谪人间，今去矣。'其后降于洞庭包山张硕家。"嗣后时来时去。

②明珰：妇女佩戴的精致的玉制耳饰。南朝梁萧纲《采莲赋》："素腕举，红袖长，回巧笑，堕明珰。"

③素衣：白色丝绢中衣。《诗·唐风·扬之水》："素衣朱襮，从子于沃。"陈奂传疏："素衣，谓中衣也……孔疏云：'中衣，谓冕及爵弁之中衣，以素为之。'"贝叶：古印度人用以写经的树叶，此处借指佛经。唐玄奘《谢敕赉经序启》："遂使给园精舍，并入提封；贝叶灵文，咸归册府。"

④空王：佛语。佛的尊称。佛说世界一切皆空，故称"空王"。《旧唐书·刘瞻传》："伏望陛下尽释系囚，易怒为喜，虔奉空王之教，以资爱主之灵。"

又

齐州客去九烟青[①]，送别蓬山第二亭。
浅酌劝君休尽醉[②]，人间百岁酒初醒[③]。

【笺注】

①齐州：济南古称齐州。齐州客去九烟青，指自千佛山“齐烟九点”坊处北望所见到的卧牛山、华山、鹊山、标山、凤凰山、北马鞍山、粟山、匡山、药山九座孤立的山头。清郝植恭《游匡山记》：“自鹊华而外，如历山、鲍山、崛山、粟山、药山、标山、匡山之属，蜿蜒起伏，如儿孙环列，所谓‘齐州九点烟’也。”

②浅酌：浅斟，浅饮。

③人间百岁酒初醒：指人活到了百年，才如梦方醒。

又

紫诰题衔敕众灵①，明朝同谒翠华亭②。
垂鬟小女司铜漏③，误报晨签落曙星④。

【笺注】

①紫诰：指诏书。古时诏书盛以锦囊，以紫泥封口，上面盖印，故称。众灵：《文选·曹植<洛神赋>》：“迩乃众灵杂遝，命俦啸侣。”张铣注：“众灵，众神也。”

②谒（yè）：晋见，拜见。《史记·范雎蔡泽列传》：“唯雎亦得谒，雎请为君见于张君。”翠华亭：玉帝所停留的地方。翠华，天子仪仗中以翠羽为饰的旗帜或车盖，这里代称玉帝。《文选·司马相如〈上林赋〉》：“建翠华之旗，树灵鼍之鼓。”李善注：“翠华，以翠羽为葆也。”这里代指帝王。唐陈鸿《长恨歌传》：“潼关不守，翠华南幸。”亭，通“停”，停留。

③铜漏：即铜壶，古时的一种计时器。

④曙星：拂晓之星，多指启明星。《宋书·后妃传·孝武帝王皇后》：“夕不见晚魄，朝不识曙星。”

又

智琼携手阿环随[1]，同侍瑶阶看舞姬[2]。
玉茗主人新换职[3]，大罗宫里教填词[4]。

【笺注】

①智琼：仙女名。晋干宝《搜神记》卷一："魏济北郡从事掾弦超，字义起，以嘉平中夜独宿，梦有神女来从之，自称天上玉女，东郡人，姓成公名智琼，早失父母，天帝哀其孤苦，遣令下嫁从夫。超当其梦也，精爽感悟，嘉其美异，非常人之容，觉寤钦想，若存若亡。如此三四夕，一旦，显然来游……遂为夫妇。"阿环：神话中上元夫人小字。《汉武帝内传》："帝不知上元夫人何神人也，又见侍女下殿，俄失所在。须臾，郭侍女返。上元夫人又遣侍女答问，云'阿环再拜'。"

②瑶阶：仙境中玉砌的台阶。

③玉茗主人：即明剧作家汤显祖。汤显祖家中有玉茗堂，传奇集有《玉茗堂四梦》，故称。

④大罗宫：即天宫。大罗，大罗天，道教所称三十六天中最高一重天。《云笈七签》卷二十一："《玉京山经》曰：玉京山冠于八方诸大罗天……《元始经》云：大罗之境，无复真宰，惟大梵之气，包罗诸天太空之上。"

又

绿蒲经雨叶初齐，箫鼓楼船下碧溪[1]。
风散满衣红蜡泪[2]，五更同化杜鹃啼[3]。

【笺注】

①箫鼓楼船：乘坐楼船，吹箫击鼓。楼船，有楼饰的游船。明张岱《陶庵梦忆西湖七月半》："其一，楼船箫鼓，峨冠盛筵，灯火优傒，声光相乱，名为看月而实不见月者，看之。"碧溪：碧绿色的溪流。

②红蜡泪：红色的蜡烛滴着烛泪。五代前蜀魏承班《诉衷情》："红蜡泪飘香。"

③杜鹃啼：传说杜鹃昼夜悲鸣，啼至血出乃止。常用以形容哀痛至极。

又

鹤俸分田过海隅[①]，碧窗鹦鹉记呼卢[②]。
唐家空有王摩诘[③]，不识瑶池雪后图。

【笺注】

①鹤俸：本指鹤料，这里指微薄的俸禄。分田：分取田地所产之物。海隅：海角，海边。常指僻远的地方。

②鹦鹉记呼卢：用“雪衣女”之典。唐胡璩《谭宾录·雪衣女》载：“天宝中，岭南献白鹦鹉，养之宫中。岁久，颇甚聪慧，洞晓言词，上及贵妃。皆呼为雪衣女。……上每与嫔妃及诸王博戏，上稍不胜，左右呼雪衣女，必飞局中，鼓翼以乱之。或啄嫔御及诸王手，使不能争道。一旦，飞于贵妃镜台上，语曰：‘雪衣女昨夜梦为鸷所搏，将尽于此乎。’”呼卢，古代一种赌博游戏。共有五子，五子全黑的叫“卢”，得头彩。掷子时，高声喊叫，希望得全黑，所以叫“呼卢”。

③唐家：即唐朝。王摩诘：唐朝诗人王维，字摩诘，山水诗最为后世称美，其中多有隐逸情趣和佛教禅理，有“诗佛”之称；善写破墨山水及松石，笔迹雄壮，似吴道子，始用皴法和渲晕，布置重深，尤恭平远之景，存世的《雪溪图》《伏生授经图》相传为其画迹。王维《叹白发》：“一生几许伤心事，不向空门何处销。”

又

校书香案石函开[①]，楚庙残碑绣紫苔[②]。

一纸黄封呼宋玉[③]，好携天问礼瑶台[④]。

【笺注】

①校书：乐伎、歌伎。唐王建《寄蜀中薛涛校书》：“万里桥边女校书，枇杷花里闭门居。”薛涛，蜀中能诗文的名人，时称女校书。后因以“女校书”为歌女的雅称。石函：石制的匣子。北魏郦道元《水经注·汝水》：“城南里余有神庙，世谓之张明府祠。庙前有圭碑，文字紊碎，不可复寻。碑侧有小石函。”

②楚庙：楚人奉祀祖宗和神明的庙舍，这里当是指巫山神女庙。

③黄封：烧化给死者的黄色纸封。清吴伟业《雒阳行》：“今皇兴念穗帷哀，流涕黄封手自裁。”宋玉：屈原之后的战国楚辞赋家，东汉王逸以之为屈原弟子，未知所据。作品以《九辩》最为著名，另有《风赋》《神女赋》《高唐赋》《登徒子好色赋》等。其中《高唐赋》写巫山神女故事。

④天问：即屈原的名篇《天问》。瑶台：神话中神仙的居所。

又

侍女开笼放白云，两天晴雨一山分[①]。

上元不喜方壶住[②]，借与苏家玉局君[③]。

【笺注】

①两天：两样天气。

②上元：上玄。为避康熙皇帝玄烨的讳而称上元。道家称人的心脏为上玄。方壶：传说中的神山名。唐李白《赠丹阳横山周处士惟长》："连峰入户牖，胜概凌方壶。"

③苏家玉局君：指苏轼。苏轼曾任玉局观提举，后遂以"玉局"称苏轼。

和元微之杂忆诗[①]

卸头才罢晚风回[②]，茉莉吹香过曲阶。
忆得水晶帘畔立，泥人花底拾金钗[③]。

【笺注】

①元微之：即唐朝著名诗人元稹，字微之，河南洛阳人。元稹的诗辞浅意哀，扣人心扉，动人肺腑。与白居易共同倡导新乐府运动，世称“元白”。

②卸头：妇女卸去头上的装饰。

③泥（nì）人：女子娇声细语软央求人。五代后蜀欧阳炯《浣溪沙》：“园中缓步折花枝，有情无力泥人时。”

又

春葱背痒不禁爬[①]，十指掺掺剥嫩芽[②]。
忆得染将红爪甲[③]，夜深偷捣凤仙花[④]。

【笺注】

①春葱：比喻女子细嫩的手指。唐白居易《筝》：“双眸翦秋水，十指剥春葱。”

②掺（xiān）掺：女子双手纤美的样子。《诗·魏风·葛屦》：“掺掺女手，可以缝裳。”毛传：“掺掺，犹纤纤也。”

③红爪甲：即红色的手指甲。

④凤仙花：一年生草本植物，夏季开花，花色不一，红色花瓣可染指甲，俗称指甲花或指甲草。宋周密《癸辛杂识续集上·金凤染甲》：“凤仙花红者用叶捣碎，入明矾少许在内，先洗净指甲，然后以此付甲上，用片帛缠定过夜，初染色淡，连染三五次，其色若胭脂。”

又

花灯小盏聚流萤[1]，光走琉璃贮不成[2]。
忆得纱幮和影睡[3]，暂回身处妒分明。

【笺注】

①花灯：用花彩装饰的灯。流萤：飞行无定的萤。唐杜牧《秋夕》："红烛秋光冷画屏，轻罗小扇扑流萤。"

②琉璃：指琉璃灯。贮（zhù）：停留，贮存。

③纱幮（chú）：纱帐。室内张施用以隔层或避蚊。

题歌儿诗册

分明雪面转金铃[①]，红烛娇歌倚画屏。
作使座中诸狎客[②]，泥他沉醉唤他醒[③]。

【笺注】

①雪面：指歌姬以白粉化妆后的面色。

②狎客：旧称嫖客。唐韩偓《六言》诗之一："春楼处子倾城，金陵狎客多情。"

③泥（nì）：软求，软缠。

渌水亭[1]

野色湖光两不分[2]，碧云万顷变黄云[3]。
分明一幅江村画，着个闲亭挂夕曛。

【笺注】

①渌水亭：纳兰府第花园中的一个亭子。始撰于康熙十二年（1673）的札记《渌水亭杂识》即以此亭命名。纳兰读书为学、写诗撰文填词的场所，亦是其与友人雅聚的重要场地。

②野色：原野或郊野的景色。

③碧云：青云，碧空中的云。《文选·江淹〈杂体诗·效惠休“别怨”〉》：“日暮碧云合，佳人殊未来。”张铣注：“碧云，青云也。”

④夕曛：落日。清陆瑶林《前调·竹》：“吟风偏喜流晨露，傍水宜挂夕曛。”

玉　泉

芙蓉殿俯御河寒[1]，残月西风并马看。
十里松杉清绝处[2]，不知晓雪在西山。

【笺注】

①御河：即护城河。这里当指玉泉河水。

②清绝：景色美妙清雅。宋陆游《小雨泛镜湖》："吾州清绝冠三吴，天写云山万幅图。"

松花江

弥天塞草望逶迤[①]，万里黄云四盖垂[②]。

最是松花江上月，五更曾照断肠时[③]。

【笺注】

①弥天：满天，极言其大。《周礼·春官·占梦》："七曰弥。"汉郑玄注："弥者，白虹弥天也。"逶迤：曲折绵延的样子。

②黄云：塞外黄沙飞扬，天空常呈黄色，故称。唐杜甫《佐还山后寄》诗之一："山晚黄云合，归时恐路迷。"仇兆鳌注："塞云多黄，故公诗云'黄云高未动'，又云'山晚黄云合'。"

③五更：旧时，自黄昏至拂晓一夜间，分为甲、乙、丙、丁、戊五段，谓之"五更"。这里指第五更，即天将明时。

平山堂[①]

竹西歌吹忆扬州[②]，一上虚堂万象收[③]。

欲问六朝佳丽地[④]，此间占绝广陵秋[⑤]。

【笺注】

①平山堂：位于扬州市西北郊蜀冈中峰大明寺内。始建于宋仁宗庆历八年（1048），时任扬州太守的欧阳修，甚喜欢这里的清幽古朴，故于此筑堂。因坐此堂上，江南诸山，历历在目，似与堂平，平山堂因而得名。

②竹西歌吹忆扬州：唐杜牧《题扬州禅智寺》诗：“谁知竹西路，歌吹是扬州。”竹西：扬州城东禅智寺侧有竹西亭，以环境清幽著称。

③虚堂：高堂。万象：此处指在平山堂上看到的一切事物或景象。

④六朝：三国吴、东晋和南朝的宋、齐、梁、陈，相继建都建康（吴名建业，今南京市），史称为六朝。佳丽地：代指南京。

⑤广陵：即上文中的扬州。扬州，在战国时为广陵邑，西汉为广陵国，东汉为广陵郡治，故称。

江南杂诗[1]

紫盖黄旗异昔年[2]，乌衣朱雀总荒烟[3]。
谁怜建业风流地[4]，燕子归来二月天？

【笺注】

①康熙二十三年（1684），入秋，诗人扈从康熙皇帝第一次巡江南，先后到达南京、苏州、无锡、扬州、镇江等地。《江南杂诗》当作于此时。

②紫盖：紫色车盖。黄旗：黄色的旗帜。二者均指现于斗牛之间的云气，古代术士以为帝王符瑞。《汉书》卷四十八《吴书·孙皓传》："三年春正月晦，皓举大众出华里，皓母及妃妾皆行，东观令华核等固争，乃还。"南朝宋裴松之注引《江表传》曰："初丹杨刁玄使蜀，得司马徽与刘廙论运命历数事。玄诈增其文以诳国人曰：'黄旗紫盖见于东南，终有天下者，荆、扬之君乎!'又得中国降人，言寿春下有童谣曰'吴天子当上'。皓闻之，喜曰：'此天命也。'"

③乌衣：即乌衣巷，在今南京市秦淮河南。三国吴时在此置乌衣营，以士兵着乌衣而得名。东晋时王、谢等望族居此，因著闻。朱雀：即朱雀桁。东晋时王导、谢安等豪门巨宅多在其附近。朱雀：即朱雀桥。为东晋时建在内秦淮河上的一座浮

桥，时为交通要道。附近乌衣巷有东晋名相王导、谢安的宅院。唐刘禹锡《乌衣巷》：“朱雀桥边野草花，乌衣巷口夕阳斜。旧时王谢堂前燕，飞入寻常百姓家。”荒烟：荒凉的地方。

④建业：即南京。东汉建安十六年（211）孙权自京口（今江苏镇江市）徙秣陵，次年建业，治今南京市。

又

九龙一带晚连霞①，十里湖堤半酒家。
何处清凉堪沁骨，惠山泉试虎丘茶②。

【笺注】

①九龙：指今江苏无锡西郊的惠山，惠山因名泉佳水而又名惠泉山。由于山有九个山陇，盘旋起伏宛如游龙，故又称九龙山。

②惠山泉：位于江苏省无锡市西郊惠山山麓锡惠公园内。相传唐代陆羽评定了天下水品二十等，将惠山泉列为天下第二泉。中唐时期诗人李绅曾赞扬道："惠山书堂前，松竹之下，有泉甘爽，乃人间灵液，清鉴肌骨。漱开神虑，茶得此水，皆尽芳味也。"虎丘茶：产自苏州的茶。《虎丘山志》载："叶微带黑，不甚苍翠，点之色白如玉，而作豌豆香，宋人呼为白云花，号称珍品。"《茶解》："茶色白，味甘鲜，香气扑鼻，乃为精品。茶之精者，淡亦白，浓亦白，初泼白，久贮亦白，味甘色白，其香自溢，三者得，则具得也。"

又

邓尉溪村万树梅[1]，霜残月白半春开[2]。
金台游客时相忆[3]，那得年年看一回[4]？

【笺注】

①邓尉：又称万峰山，以产梅著称。清陆蓨《游邓尉山》："花外见晴雪，花里闻香风。"

②金台：指古燕都北京。明沈榜《宛署杂记·铺行》："当成祖建都金台时，即因居民疏密，编为保甲。"

③那得：怎得，怎会，怎能。

又

妙高云级试孤攀[1]，一片长江去不还[2]。

最是销魂难别处，扬州风月润州山[3]。

【笺注】

①妙高云：妙高山上之云。妙高山，是江苏镇江金山最高峰，峰上有宋代僧人了元所建妙高台。孤峰登览，景致奇绝，终年祥云缭绕，盘旋不歇，仙家宫阙仿佛隐然可见。

②一片长江去不还：谓大江滔滔东去，不复返。

③风月：扬州曾为繁华热闹、富庶风流的大都会，同时又具江南温柔绮艳之风。唐杜牧《赠别之一》："春风十里扬州路，卷上珠帘宗不如。"宋柳永《临江仙》："扬州曾是追游地，酒台花径仍存。风箫依旧月中间。"润州山：在今江苏省镇江市，古称主方、谷阳、京口，隋唐为润州治。润州山，指金山。

密　云

白檀山下水声秋[①]，地踞潮河最上流[②]。

日暮行人寻堠馆[③]，凉砧一片古檀州[④]。

【笺注】

①白檀山：今承德市滦平县白檀山，兴州河南岸。

②潮河：源于河北省丰宁县槽碾沟南山，经滦平县到古北口入北京市密云县境，位于北京东北。因水流湍急，其声如潮而得名。

③堠馆：即候馆、馆驿，这里当是指道路附近，供行人休息的山村小店。唐常建《泊舟》："平沙依雁宿，候馆听鸡鸣。"

④古檀州：即密云。隋开皇十六年（596）分幽州置。治燕乐（今北京市密云东北），唐武德初年移治密云。辖境相当于今密云一带。

南海子

分弓列戟四门开[①]，游豫长陪万乘来[②]。
七十二桥天汉上[③]，彩虹飞下晾鹰台[④]。

【笺注】

①列戟：官庙、官府及显贵之府第陈戟于门前，以为仪仗。《旧唐书·德宗纪下》：“壬戌，诏以太尉、中书令，西平郡王李晟长子愿为银青光禄大夫、太子宾客，赐勋上柱国，与晟门并列戟。”

②游豫：游乐。语出《孟子·梁惠王下》：“吾王不游，吾何以休？吾王不豫，吾何以助？一游一豫，为诸侯度。”赵岐注：“豫亦游也。”

③七十二：古以为天地阴阳五行之成数。亦用以表示数量多。《史记·封禅书》：“古者封泰山禅梁父者七十二家，而夷吾所记者十有二焉。”天汉：天河。《诗·小雅·大东》：“维天有汉，监亦有光。”毛传：“汉，天河也。”

④晾鹰台：在今北京市郊南苑。元代游猎之所，猎者常携鹰休憩于此，故名。后为各朝皇家围猎、习武之地。明刘侗于奕正《帝京景物略·南海子》：“城南二十里，有囿，曰南海子，方一百六十里。海中殿，瓦为之……殿傍晾鹰台，鹰扑逐以汗，而劳之，犯霜雨露以濡，而煦之也。”

又

红桥夹岸柳平分[1]，雉兔年年不掩群[2]。
飞放何须烦海户[3]，郊南新置羽林军[4]。

【笺注】

①夹岸：水流的两岸，堤岸的两边。晋陶潜《桃花源记》："忽逢桃花林，夹岸数百步，中无杂树，芳草鲜美，落英缤纷。"

②雉兔：猎取野鸡和兔子。《孟子·梁惠王下》："文王之囿方七十里，刍荛者往焉，雉兔者往焉，与民同之。"掩群：尽取兽群。掩，犹尽也。《礼记·曲礼下》："国君春田不围泽，大夫不掩群，士不取麛卵。"孔颖达疏："大夫不掩群者，群谓禽兽共聚也。群聚则多，不可掩取之。"

③海户：南海子内，以劳动充役者的特殊户民。明《彭文宪公笔记》卷上："籍海户千余守视，每猎，则海户合围，纵骑士驰射其中，亦所以训武也。"明刘侗：《帝京景物记》卷九："南海子，……元旧也。我朝垣焉。四达为门，庶类蕃殖，鹿、獐、雉、兔，禁民无取，设海户千人守视。"清代沿袭明代于内设海户，《日下旧闻考》载："我朝因之，设海户一千六百人，各给地二十四亩。春搜冬狩以讲武。"

④御林军：即皇帝禁卫军，亦称羽林军。西汉武帝时置建

章营骑，后改名羽林骑，取名“羽之疾，如林之盛”之意，为皇帝护卫，长官有羽林中郎将及羽林郎。东汉以后，历代禁卫军常有羽林之称。

敬题元公张大中丞遗照二首[1]

豸冠丰采著垂鱼[2]，共拟威棱肃剪除[3]。

今日拜瞻温克甚，悬知宿好但诗书[4]。

【笺注】

①敬题元公张大中丞遗照两首：未收入《通志堂集》，乃诗人赠予好友张纯修的诗作，后被收入由顾贞观阅定，张纯修刊刻成的《饮水诗词集》中。元公张大中丞，当为张纯修的父亲张自德。张自德，字符公，号洁源，顺天府丰润（今河北省丰润县）人。顺治四年（1647）丁亥科贡士授庆都知县，历任都察院御史、太仆寺少卿、通政司参政、大理寺卿、陕西巡抚加都察院右副都御史衔、河南巡抚加工部尚书衔等职。

②豸（zhì）冠：獬豸冠。古代法官戴的帽子，这里借指纠察、执法的官员。张自德曾任都察院御史之职。丰采：风度，神采。垂鱼：唐制五品以上官员于腰间佩带金银鱼袋为饰。宋张先《偷声木兰花》："重来却拥诸侯骑，宝带垂鱼金照地。"

③威棱：威势。晋陆机《辩亡论》："威棱则夷羿震荡，兵交则丑虏授馘。"剪除：斫除；伐灭。

④悬知：料想。宿好：旧好。

又

忆从驹齿奖空群[1]，执戟谁知似子云[2]。
钟鼎旗常公不朽[3]，好凭班范纪余芬[4]。

【笺注】

①驹齿：乳牙，借指年少之时。空群：用相马喻识人，意为善识人的人能把有才能的人选拔一空。唐韩愈《送温处士赴河阳军序》："伯乐一过冀北之野，而马群遂空。夫冀北马多天下，伯乐虽善知马，安能空其群邪？解之者曰：'吾所谓空，非无马也，无良马也。伯乐知马，遇其良辄取之群。'"

②执戟谁知似子云：宋苏轼《生日蒙刘景文以古画松鹤为寿且贶嘉篇次韵为谢》："子云老执戟，长孺终主爵。"子云，西汉官吏、学者扬雄，字子云。汉成帝时入朝为官，王莽篡汉建新朝，扬雄作《剧秦美新》吹捧，任校书天禄阁，后因事被株，坠阁自杀，未遂。

③钟鼎：铭刻记事表功的文字钟和鼎。《文选·刘孝标〈广绝交论〉》："圣贤以此镂金版而镌盘盂，书玉牒而刻钟鼎。"李善注引《墨子》："琢之盘盂，铭于钟鼎，传于后世。"旗常：王侯的旗帜。

④班范：汉班固和南朝宋范晔的并称。班著《汉书》，范

著《后汉书》，故常并举。金王若虚《史记辨惑六》：“（司马迁）凡称某王类加国号，凡举人名每连姓氏，冗复芜秽，最是不满人意处。班范而下，乃始净尽焉。”

题见阳小照①

雨雪山空独悟迟，羡吾潇洒出尘姿②。
灵和别殿临风晚③，最忆春前第一枝。

【笺注】

①见阳：即张纯修，字子安，号见阳。张纯修由其父荫二品荫生任知县，后任庐州府知府。张纯修“以佳公子束发嗜学，博览坟典。为诗文卓荦有奇气，旁及书法绘事，往往追踪古人”。词作颇得《饮水》风韵，著有《语石轩词》一卷。诗人与张纯修乃“称布衣交，相与切劘风雅，驰骋翰墨之。场”诗词唱酬、书画鉴赏相交契，结为“异姓昆弟”。

②出尘：超脱世俗。南朝齐孔稚珪《北山移文》：“夫以耿介拔俗之标，萧洒出尘之想，度白雪以方絜，干青云而直上，吾方知之矣。”

③灵和别殿：《南史·张绪传》卷三十一：“绪吐纳风流，听者皆忘饥疲，见者肃然如在宗庙。虽终日与居，莫能测焉。刘悛之为益州，献蜀柳数株，枝条甚长，状若丝缕。时旧宫芳林苑始成，武帝以植于太昌灵和殿前，常赏玩咨嗟，曰：‘此杨柳风流可爱，似张绪当年。’”

从友人乞秋葵种

空庭脉脉夕阳斜[①]，浊酒盈樽对晚鸦[②]。
添取一般秋意味，墙阴小种断肠花[③]。

【笺注】

①空庭：幽寂的庭院。脉脉：默默。唐孟郊《乙酉岁舍弟扶侍归兴义庄》："僮仆强与言，相惧终脉脉。"

②浊酒：用糯米、黄米等酿制的酒，较混浊。

③墙阴：墙的阴影处，墙的阴暗处。唐岑参《题山寺僧房》："窗影摇群木，墙阴载一峰。"断肠花：即秋海棠花。明李时珍《本草纲目·草部》第十六卷："葵菜，古人种为常食，今之种者颇鲜。有紫茎、白茎二种，以白茎为胜。大叶小花，花紫黄色……六、七月种者为秋葵，八、九种者为冬葵。"花为黄色，故言秋意味，断肠花。